文春文庫

# 秘める恋、守る愛

髙見澤俊彦



文藝春秋

# 秘める恋、守る愛

Contents

初出「オール讀物」
二〇一九年一月号〜二〇二〇年一月号
単行本　二〇二〇年四月　文藝春秋刊

# 秘める恋、守る愛

# Day 1

*N*

深い眠りから覚めた時、記憶が混濁し何処《どこ》にいるのか分からなくなる瞬間がある。来《くる》栖《す》直樹《なおき》は国際線の機内だと気づくのに七、八秒かかった。夢は見なかった。齢《よわい》五十六ともなると、普段の眠りはかなり浅い。意識を少しずつ取り戻し、気だるい時間をたぐり寄せる中で、直樹は思いがけず三十数年前の自分に出会ってしまった。

キラキラと光を受け幾重《いくえ》にも連なる錦繍《きんしゅう》のような水面《みなも》。あれはドナウ川だ……黒い森《シュヴァルツヴァルト》の町、ドナウエッシンゲンの泉が源泉の川、その流れは激しく凛々しく美しい。川面を見つめる蒼《あお》い瞳……栗色の長い髪が揺れている……アンナ・ホフマン……未だ頭から離れない……忘れ得ぬ女性《ひと》。

封印したはずの思い出が途切れ途切れによみがえる。しかし、胸を焦がすほどの恋や激しい情熱などは、過ぎ去った青春の残像にすぎない。今の直樹に過去の甘い恋への感傷に浸る余裕などはない……が、そう思えば思うほど後悔らしき暗鬱《あんうつ》な雲が心に広がり始めてゆく。

過去を振り払うように直樹はワイヤレス・イヤフォンを耳に押し込んだ。ｉＰｈｏｎｅから初期のストーンズの曲が流れ出す。若いミック・ジャガーの声はアンナとの恋に夢中だった頃の記憶をさらに鮮明に呼び起こした。

あの頃のアンナは美術アカデミーに通う学生で、大学生だった直樹より二つ年上だった。アンナのお気に入りの絵はアルテ・ピナコテーク（ミュンヘンの国立美術館）所蔵、アルブレヒト・アルトドルファーの「城のある風景」。なんの変哲もない風景画だが、人物もなく純粋に風景だけ描かれたその画が彼女の心を捉えていた。アンナは美術学校に通っているのにもかかわらず、目指しているのは詩人だという。その不思議なバランス感覚が直樹には目新しく、その存在自体がまぶしかった。

茫漠《ぼうばく》とした記憶の空間にアンナとの会話がよみがえる。

「生きているという証《あか》しが欲しいなら、躊躇《ちゅうちょ》せずどんどん恋をすべきだわ」

「基本的に明日がどうなろうとかまわない、今日さえあれば、今を生きていると感じられれば私は満足よ」

刹那的なアンナとの会話。若かった二人……。

しかし人生は容赦ない。どんな人間にも均等に時は流れ、あっという間に若さを奪い去ってゆく。気がつけば髪は白くなり、シワも深くなる。

直樹は時折、何か大切な忘れ物をしたような感覚に陥る時がある。心に広がる後悔という暗雲は、やがて自分の歩んで来た道を否定するかのように全身を覆い始める。本当にこれで良かったのか？　人生の選択は間違っていなかったのか？　答えの出ない自問自答を繰り返す。

不安な気持ちをなだめるようにストーンズのバラード「アズ・ティアーズ・ゴー・バイ」が流れて来た。慣れ親しんだ美しいメロディと共に、アンナの優しい微笑《ほほえ》みが脳裏《のうり》に浮かぶ。曖昧《あいまい》な記憶は都合のいい記憶に変換されながら、夢遊病者のように直樹の頭の中を飛び回り始めた。

もう一度アンナに会いたい……。そうつぶやく声は、過去の思い出もろとも機内に響くジェット音にかき消されていった。

淡い回想から解き放たれた直樹の胃は軽い空腹を訴え、喉はカラカラに渇き切っていた。ゆっくりとビジネスクラスのシートを起こし、キャビンアテンダントを呼び、サンドイッチとバドワイザーをオーダーした。運ばれてきた多少ひからびたパンは自分の今の姿に重なるが、小腹を満たすにはこれで充分だ。直樹はビールと一緒に一気に流し込んだ。

「あら、あなた起きてたの？　よく寝ていらしたから夕食はパスしてもらったけど、後でも頼めるって聞いたから用意してもらいましょうか？」

いぶかしげに窓側の妻がアイマスクをずらして声をかけてきた。

「いや、いい。今サンドイッチを食べたし、それに到着一時間前には軽食が出るだろ？」

「そうね。あなたがよろしいのなら、それまでお待ちになって」

妻である有希恵《ゆきえ》への返事を呑《の》み込み、騒がしく揺れる心を鎮《しず》めながら、再度シートに深々と体を沈めた。心地良いビールの酔いが再び睡魔を連れて来た。アンナの声はもう聞こえなかった。

ハッと気がついた時は既に着陸二十分前。結局軽食は食べ損ねたが、熟睡した分いつも感じる長時間フライトの疲労はさほどでもなかった。

定刻より少し早く目的地、ドイツ南部バイエルンの州都ミュンヘンのフランツ・ヨーゼフ・シュトラウス空港に到着した。

時に人生は、シナリオのある映画よりもドラマチックな奇跡を起こす。

アンナと偶然出会ったのもこの街だった。

　簡単な入国審査を終え、税関を出た所で一人娘の一恵《かずえ》が手を振って足早に近づいて来る。知り合いから車を借りて迎えに来たという。娘の笑顔を久し振りに見た直樹の心が少し和《やわ》らいだ。

「元気そうだな」

「長いフライトお疲れさまでした。あれ？　お父さん、前より少し白髪増えたみたいね。お母さんは大丈夫？　外国には慣れてないから疲れたでしょ？」

「私は大丈夫よ。行く前は、ドイツって遠い国と思っていたけど、飛行機に乗ったらあっという間だったわ。意外に近いのね」

「そうかなぁ……でも十二時間のフライトって、老体にはキツイんじゃない？」

「何よ一恵ったら、人を年寄り扱いして」

「だって、もう五十過ぎのお婆ちゃんでしょ？」

「何言ってんの！　お母さんはまだまだ現役よ！」

「えっ現役？　何が？」

「何がって何よ！　もう」

「ハハハ！　お母さんムキになっちゃって」

到着ロビーで大小のトランクを三つ積んだカートを押しながら、たわいもない母娘《おやこ》の会話を耳にし、イラッとする直樹は自分が思ったより疲れていることに気がついた。

「あっ！　お父さん、そこを出て真《ま》っ直《す》ぐよ。その広場を横切って」

ターミナル1とターミナル2の間の中央エリアに出たが、広場とはいえ完全な室外ではなく、上を見ると所々透明なテントのような屋根が張り巡らされている。そこの右奥の一角にはテーブルが並べられ、ビールを飲んでいる客でいっぱいだ。直樹にとってミュンヘンは馴染《なじ》みのある街だが、この空港に降り立ったのは初めてだった。

「凄《すご》いわね。空港の中にビアガーデンがあるわ」

「そうそう、この空港には『エアブロイ』っていう空港専用のビール醸造所があって、そのビールを飲みに来る人もいるくらいよ」

「さすがビールの国だな。このビールは美味《うま》いのか？」

「私もまだ飲んだことないのよ。帰国するときにでも早めに来て飲みましょうよ」

「そうだな、時間があったらトライしてみよう」

「それよりあなたは大丈夫なの？　機内では寝てばかりで殆《ほとん》ど何も食べてないし、この旅では一恵と何でしたっけ？　そのドイツビール祭りに行くのに、アメリカのビールばかり飲んでるし、あなたって昔から旅を積極的に楽しむってことがないのよね。ほら、一恵もお父さんになんか言ってあげてよ」

「いいじゃない、それがお父さんなんだから。典型的な仕事人間だし、自分以外のことには興味ないのよね。昔っからそうじゃない？　でも、ベタベタする親娘《おやこ》関係じゃなくて私は良かったわ。海外に来ることも許してくれたしね」

その言葉に反応した有希恵がキッと直樹を見た。私は許していないとアピールするかのような有希恵の強い視線。

二人の旅の目的は、毎年九月の下旬から十月の上旬にかけて行われるミュンヘン最大の行事「オクトーバー・フェスト」に行くことだけではない。それに合わせて二人でドイツへ赴き、一恵に帰国を促すことが旅のもう一つの目的でもあるのだ。直樹は日本で有希恵から相談を受けた時、正直面倒だなと思った。が……確かに高卒でドイツに行ったまま、こちらの語学学校は出たものの定職には就かず、バイトでツアーガイドのヘルプをしている一人娘を心配する母親の気持ちを簡単に無視出来るものではない。自分も一人娘のことは心配だ。それに、一つの目的を二人で果たせば、長年冷え切った夫婦関係も改善されるかもしれない……そんな安易な気持ちも直樹にはあった。

三人は中央エリアを横切った後、駐車場があるビルをエレベーターで上がり、一恵が知人に借りたというワーゲンのワンボックスカーにトランクを積み込み、娘の運転で空港を後にした。

「ねぇねぇお母さん。ほら見て見て、雨も上がってバイエルンの空が綺麗《きれい》よ」

「あら、本当ね。空が青くて広くて、雲もドイツらしいわね」

「ドイツらしいって？　他の国の空や雲とか知らないでしょ？」

「そうだけど、何だか日本の空より広く感じて、雲も豪快にドイツ風に見えるわね。まるで一枚の大きな絵を見ているようだわ」

「ハハハ、お母さんて曇り後《のち》雨、時々詩人よね」

　この国で生活している一恵には当たり前の風景かもしれないが、有希恵のように初めてドイツに来た者には、バイエルンの空がファンタジックに見えるのは当然だ。

　日本のように看板に遮《さえぎ》られることなく、スピード無制限のアウトバーンを飛ばしながら眼前に広がるバイエルンの田園風景、そこから連なる空や雲は一枚の絵画のように美しく壮大だ。さらに雲の隙間から光が射《さ》す光景に出くわすと、まさにそれは幻想的で神々しい。こんな風景を日本で目の当たりにすることはない。

「せっかく二人でドイツまで来たんだから、私の所にも泊まって欲しいけど、私の部屋じゃ狭いしね。ルームメイトもいるし、あっ！　今度紹介するわね。お母さん達もゆっくりしたいでしょ？　それには今回のホテルは快適よ。ちょっと高いから私なんかには身分不相応でとても無理だけど、Ｆ電機執行役員の本部長さまなら大丈夫よね。この時期にホテル取るの大変だったんだからね」

「あら、ホテルってお高いの？　そんな高級ホテルにお父さんとなんて、もったいないわよ」

「えっ？　お母さん！　誰とならもったいなくないの？」

一恵がまた何か含みを持った笑みで助手席の母親を睨《にら》んだ。

「あら、何言ってんのこの娘《こ》ったら、そういう意味じゃなくてよ」

「ハハハ」

笑い方が母親とそっくりだ。そんな二人のたわいもない会話を聞いていると、さっきはイラッとしたが、これはこれで幸せな人生だなと思える……が、すでに直樹の中で身を焦がすような情欲を妻には感じていない。それでも共に暮らして来たという情愛は螺《ら》旋状《せんじょう》に高く心に積み重なっている。もしもそれを愛と呼ぶなら、直樹は妻を愛していることになるのだが……。そういった感情は有希恵も同じだろう。たまにベッドの中で不意に触れ合った指をサッと引っ込める妻の動作から、冷え切った心情が窺《うかが》える。もうずいぶん前から二人の間に男女の営みはない。

市内に近づくに連れ次第に帰宅ラッシュがひどくなり、アウトバーンとは名ばかりでまったく動かなくなった。かなりの渋滞にハマってしまったようだ。

結局ホテルに着いたのは午後七時半過ぎ。空港から一時間半以上かかってしまったことになる。

「やっと着いたわ。ハウプトバーンホフがすぐそこだけど、静かなホテルよ」

「えっ？　何そのハウプトって……」

「中央駅のことさ」

「あら、さすがお父さん！　ドイツ語なら少し出来るって言ってたけど、ほんとね。そうそう、渋滞で時間かかっちゃったから、車返しに行かないとまずいのよね。先にチェックインして部屋で待ってて。後で行くか、携帯にでも電話するわ。じゃね、チャオ！」

慌ただしく去る一恵に呆《あき》れ顔で……。

「何よあの娘……チャオって。ずいぶん軽いっていうのかしら、前より大分活発な感じよね」

「チャオは、友達同士や親しい人との別れ際の挨拶なんだよ。車の返却で急いでいたから、思わず日常が出ちゃったんだろ？　一恵も少しはたくましくなったじゃないか」

日本にいる時より大分明るくなった娘を見ていると、この国から無理矢理引き離すのは忍びない気持ちになってくるが……今後のことを考えるとそうも言っていられない。

ホテルは中央駅から約百メートルの場所にあり、郵便局を改装した建物だという。外観はレトロだが一歩中に入ると、左手にある一列に並んだ長いテーブルがホテルのレセプションになっていて、一見ギャラリーの受付のようでもあり、モダンな雰囲気を醸《かも》し出している。反対側のロビーの壁には、ビートルズやマイケル・ジャクソンをデフォルメして描かれた絵画が、何枚も並んで飾られている。まるで美術館の一角のようだ。

チェックインを済ませ部屋に案内されると、入った途端に妻が驚きの声をあげた。部屋が赤と黒で統一されていたのだ。ジュニアスイートということだが、部屋全体が細長く中央にバスルームがあり、不完全ながらベッドルームとリビングに分かれている。部屋の照明もどことなくムーディだが暗めだ。一種のデザインホテルとでもいうのだろうか？　しかもジュニアスイートはそれぞれ部屋の作りが違うという。この部屋が当たりか外れかは他を見ていないので何とも言えないが。

「何だか落ち着かない部屋ね。私達にはちょっと派手なんじゃないかしら？」

それは同感だ。確かに落ち着かない。

「でもまぁこの時期にホテルが取れただけでもラッキーじゃないか。オクトーバー・フェストには世界中から観光客が押し寄せるからホテルの予約取りは戦争のようなものと聞いている。それを考えると、バイトとはいえ一恵の力もたいしたもんじゃないか」

「それはそうですけどね……。でも、あなた、それとこれとは別ですからね。ちゃんと一恵に話してくださいね。私はもう海外のニュースを観るたびに心配で心配で……」

わかったわかったと手で合図して、旅の荷物を解《ほど》きかけたところで、携帯が鳴った。一恵からだった。どうやら急用が出来てしまい、今夜はここに来られないらしい。こちらも長旅で疲れているから、ルームサービスなどで夕食は済ますと告げ、明日会う時間を決め携帯を切った。なぜか直樹はホッとした気分になった。

有希恵が部屋のテレビをつける。ニュースでは移民をめぐり、今日も各地で政府への抗議デモがあったとキャスターは告げている。ヨーロッパ全体がそうであるのだが……この国もまた移民問題や、テロなどの問題を抱えている。

先々のことはわからないが、日本はまだ安全ということになる。やはり今回タイミングを見はからい、父親として一恵には帰国の話をしないといけないだろう。

それにしても有希恵と二人になると、最近極端に会話が減る。以前は有希恵が一方的に話をし、それを聞いていることが多かったが、一恵がドイツに行ってからというもの、徐々に有希恵の口数が少なくなってきた。妻の口数が減ると、以前は気にならなかった他人行儀な話し方が気になり始め、癇《かん》にさわることが多々ある。

ホテル内のラウンジに行って何か食べるか？　それとも、中央駅辺りでも散歩するか？　という問いかけにも、有希恵は疲れたから早めに休むと言い、シャワーを浴びて早々にベッドに入ってしまった。

直樹は取り急ぎ日本から持ってきたPCで会社からの報告メールをチェックし、多少空腹ではあったが、下のラウンジに降りるのも、ルームサービスで何かを注文するのも億劫《おっくう》になり、そのままベッドに入った。

一方のベッドで眠る妻との心の距離は日本とドイツ以上。もはや修復不可能なくらい二つの心は離ればなれになってしまったのだろうか。

ここはミュンヘン……が、何もかもがあの頃とは違う。直樹はしばらくボンヤリと天井を眺めながら目を閉じた。薄れゆく意識の中で彼の記憶は、ゆっくりと過去に遡《さかのぼ》り始めた。

直樹が初めてドイツを訪れたのは八三年の三月。ドイツ人と結婚し、ミュンヘン在住の六つ上の姉である由美子《ゆみこ》を訪ねた時だった。その頃はまだ日本からミュンヘンへの直行便はなく、フランクフルトで乗り継ぎをしなくてはならなかった。当時、空の玄関口だった旧リーム空港は、市内から約九キロの場所にあり、地の利もひじょうに良かった。アウトバーンを飛ばせば、車で二十分余りで着くことが出来たぐらいだ。

そこは、現在の近代的なフランツ・ヨーゼフ・シュトラウス空港とは違い、バイエルンの木の香りがするような典型的な地方の空港で、南ドイツの玄関口として、地元からは長く愛された空港でもあった。新空港完成直後には、前の空港の方が暖かみがあって好きだという声も多数あったという。ただ旧リーム空港では、現在の便数をこなすには無理があった。空港自体かなり狭く、滑走路も足りない。離着陸などもすでに飽和状態にあって、飛行機の遅延は日常化していたらしい。ドイツ第三の都市として、新しい空港への移転は必然でもあったのだ。

大学の春休みを利用した一ヶ月の短期語学留学は、直樹にとって初の海外旅行だった。三月とはいえドイツはまだ寒い。コートは必ず持ってくるようにという姉のアドバイスを無視して、わりと軽装でリーム空港に降り立った。空港を出た途端、コートなしではかなり寒いことを思い知り、姉に従わなかったことを悔やんだ。吐く息もまだ白く、寒さに弱い直樹は、たまらず着いた矢先、姉にも援助してもらいダウンジャケットを購入した。日本で買うよりも相当安かったことにも驚いたが、それから数年後、突然離婚して日本に帰国した姉にはもっと驚かされることになる。国際結婚も離婚も、今ほど多くなかった頃だ。

短期の語学留学とはいっても、当初直樹は本気でドイツ語を勉強する気はなかった。とにかく何処でもいいから外国に行きたかった。それには姉がいるドイツ・ミュンヘンが手っ取り早かったのだ。

短期とはいってもそれなりに費用はかかる。当然のことながら、何とか親を説得した挙げ句の語学留学。異国で暮らす姉の様子を葉書に書いて送るという口実も功を奏したようだった。

ミュンヘン滞在は、始めの二週間余りを姉の家に居候《いそうろう》し、残りは安いホテルなどを自力で探すというかなりアバウトな計画だった。由美子も弟のために何とかしてやりたいとは思ったようだが、いかんせん暮らしているアパートは手狭で空き部屋がない。夫であるパン職人のペーターは、はるばる日本から来た義理の弟のために嫌な顔も見せず泊めてくれようとしたが、結局のところ、由美子本人があまりいい顔をしなかった。そもそも直樹は一ヶ月もミュンヘンに滞在することを由美子に話していなかったのだ。

姉の機嫌を敏感に察知した直樹は計画を変更し、学校が紹介するホームステイ制度を利用することにした。親と約束した姉の生活模様レポートは難しくなってしまったが、こうなってはもはや仕方ない。

幸い語学学校が紹介してくれたホームステイ先は、Uバーン《ウー》（地下鉄）一本で乗り換えなしに学校へ行ける場所で、老夫婦が住む一軒屋の二階の角部屋を、かなり安い値段で借りることが出来た。諸々《もろもろ》の手続きなどは、ドイツ語がまだ不慣れな直樹に代わって由美子が行なったが、あんたって昔から無計画で事を進めるわよね、と睨む由美子に益々もって頭が上がらなくなった。

ホームステイ先の家は小さいがとても清潔で、大家であるシュミット夫妻は、語学学校からの要請もあってか、直樹を快く迎え入れ、ドイツでの新たな生活が始まった。

出会いは突然だった。Uバーン三号線のオーデオンシュプラッツ駅で、ドアが閉まる直前に飛び乗った直樹は、勢い余ってドア付近にいた女性にぶつかってしまった。思わず日本語で謝ると、彼女は微笑みながら「ドウイタシマシテ」と流暢《りゅうちょう》だが微妙に間違った日本語で返してきた。一瞬でその笑顔に魅了された。その日のミュンヘンは雨模様。彼女のベージュのレインコートにだけ雨の雫《しずく》がキラキラ輝いているかのような錯覚を覚えた。天使が舞い降りたという奇跡があるのなら、まさにそれは今この瞬間だろう……。

地下鉄が走り出し、次の大学がある駅、ウニヴェルズィテートで彼女は降りた。ドアが閉まる直前、彼女は振り向きざま直樹に向かって笑顔でチャオ！とウインクをした。ぎこちなく直樹はそれに応《こた》えたが……名前を聞けなかったことを、ドアが閉まった後、猛烈に後悔した。

この駅で降りたということは、ミュンヘン大学の学生だろうか。その後、ボンヤリ彼女のことを考えていた直樹は次で降りるのを忘れ、気がついた時はオリンピック公園のある、オリンピアツェントルム駅まで乗り過ごしていた。

それからというものウニヴェルズィテート駅を通るたび、目を皿のようにして彼女の姿を探したが、出会うことはなかった。

何日か経った日の肌寒い午後、語学学校があるシュヴァービング界隈《かいわい》の人気ドネルケバブ店で、列に並んで直樹がケバブを買い、思いきりかぶりつきながら振り向いたそのときだった。列のすぐ後ろに探し続けていた彼女がいるではないか。あまりの偶然に直樹はケバブを喉に詰まらせ、その場で思わず咳《せ》き込んでしまった。いきなり目の前でうずくまった男に驚きながら、背中をさすり彼女はドイツ語で大丈夫？と優しく声をかけてきた。息を整え、ここぞとばかり直樹もドイツ語で、

「僕を覚えてますか？」

「……………」

最初は首をかしげて、不思議そうに直樹を見つめていたが、少し前にUバーンでぶつかった日本人だと言うと、あっと左手で口を押さえ思い出してくれた。

「実はあの日からずっと探していました。あっ、いやその、ちゃんと謝ろうと思って」

「あら、そんなこと気にしないで」

「いや、本当は君にもう一度会いたくて、どうしても会いたくて、必死に探していました。寝ても覚めても、夢の中でも探してました」

日本語では言えないような、歯の浮くような台詞《せりふ》もドイツ語ならスラスラ言えた。それに対して嫌な顔もせず彼女は頷《うなず》きながら微笑む。その笑顔の中に青く澄んだ瞳が美しく輝いている。

「あっ！　君もケバブ買うんだったよね？」

「ううん、もういいわ」

「じゃあ、この間のお詫びと、今日の嬉しい偶然と、また驚かせちゃったお詫びに僕におごらせて下さい。と言っても、この辺の店はよく知らないんだけど」

笑いながら快諾してくれた。そして彼女の方から手を出して、

「アンナ。アンナ・ホフマンよ」

「僕は直樹。来栖直樹」

「えっ？　クリス？」

「いやクルスだよ。日本はファミリーネームの後にファーストネームが来るからね。クルスが姓でナオキが名前」

「日本語って面白いわね。クリスの方が呼びやすいけど、ナオキの方が新鮮な響きに感じる。ナオキでいい？」

「もちろん！」

「私はアンナでいいわ」

「ありがとう！　そういえばこの間地下鉄でぶつかったとき、君は、あっいや、アンナは間違った日本語を使ってたよ。日本語で僕が謝ったら、君はドウイタシマシテって言ったよね？　それはドイツ語ではビッテ・シェーンになるから、あの時はOKという意味の日本語で、ダイジョウブって言えばいい。でも日本語の発音は良かったよ」

「ダイジョウブね。ダンケ！　覚えたわ。私ね、日本語に興味があって今少し勉強中な

の。これからも色々教えてね。漢字ってアートよね」

そばのカフェに移動してからも話は尽きなかった。本人は絵画を専攻しながらも、密かに詩人に憧れていて、「自我という孤独の中に真理を見いだす」ようなドイツ文学に傾倒しているらしい。今は中世ドイツの騎士たちが創作した宮廷叙事詩に興味があるという。その騎士の流れで、直樹と地下鉄でぶつかった時は、ちょうど日本のサムライ小説を読んだばかりだったらしく、偶然とはいえ、日本人との遭遇はかなりインパクトがあったそうだ。そんな話にも縁を感じた直樹は、ますますアンナにのめり込んでいった。

その日から二人はほぼ毎日のように会い、色々なカフェで話し込んだ。ウマが合うというのだろうか、アンナは女性的な魅力にあふれているのに、意外にサッパリしていて話しやすい。驚いたことに、アンナは男性に依存するような生き方だけはしたくないという。だから結婚もしない。自分一人で完結出来る人生を送りたいという。女性特有の弱さを感じさせず、自らの運命を切り拓こうとする芯の強さがあるように思えた。

何日目のことだったろうか……いつものようにカフェからUバーンの駅まで歩く間、夕陽がシュヴァービングの街を燃えるような朱赤に染め上げていた。彼女の栗色の髪が夕陽に染まり艶やかに輝く。どちらからともなく自然に手を繋《つな》いだ二人は、ホームに降り電車を待つ間に、初めてキスを交わした。日本では考えられない行動に戸惑いながら、直樹は自分の大胆さに驚きを覚え、自分で自分に興奮していた。

恋の始まりだった。

ミュンヘンでの生活もあっという間に過ぎ、もうすぐ一ヶ月になる。時が来ればホームステイ先の部屋からは出ないといけない。帰国しなければ、新学期にも間に合わなくなる。ということはアンナとも別れなくてはならない。アンナとの恋はこれから……。

このまま日本に帰るわけにはいかないのだ。

ある時アンナが、

「ねぇナオキは、どうしてドイツに来たの？　何かここで勉強したい目的でもあったの？」

外国なら何処でも良かったけど、姉が結婚してこっちにいたからと、正直に答えた。

「それならこれから見つけないと。私がこの国を教えてあげるわ」

アンナの一言で直樹はドイツにもうしばらく滞在することを決めた。しかし、滞在すると言っても先立つものは資金だ。日本の大学の問題もある。

思い切って姉の由美子に相談した。あきれ果てながらさっさと日本に帰れとかなりの剣幕で直樹に迫ったが、アンナとのことを話す直樹の真剣さに気圧《けお》され、由美子の方が根負けした。

「でもアタシだって、親の反対を押し切って半ば家出同然で、こっちに来たわけだから、あの石頭の父親にあんたの援助の話なんてしたくないわ」

瞬く間に滞在の延長は暗礁に乗り上げたが、思いついたように直樹がつぶやいた。

「杉並の叔父さんは？」

「えっ？　杉並の良光《よしみつ》叔父さん？」

「姉貴のことも心配してたし、こっちにくるとき餞別《せんべつ》にって十万もくれたよ」

杉並の来栖良光は直樹の父親の弟で、手広く不動産業を手がけ、今は好景気の波に乗って別荘物件で大成功し、かなり羽振りがいい。それに良光夫婦には子供がいない分、子供の頃から直樹や由美子には、気前のいい優しい叔父さんだったのだ。

「何、あんたそんなに貰《もら》ったの？　少しはこっちに回しなさいよ。ホームステイの手配だって、お姉ちゃんが全部やったのよ」

「それは感謝してるって。でも一人暮らしも色々大変でさぁ。けっこう物入りだったんだよ」

「ホントにあんたって昔っから調子いいわよね。あんたのそういう無計画な上に甘えるズルさをアンナって子にも教えないと」

「ちょっと待って、それとこれとは……」

「同じよ！　でもあんたの言うように、杉並の良光叔父さんに相談してみるのはいいかもね。アタシも久し振りに叔父さんと話したいから電話番号教えて。ただし！　国際電話の料金は後で請求するからあんたが払いなさいよ」

直樹と由美子の予想通り、良光はすべてを理解し、直樹の滞在の援助をしてくれることになった。若いうちに見聞を広めておくことは良光叔父さんとしても大賛成とのことだった。後で知ったがその時に、姉の由美子も叔父にちゃっかり借金を頼んだようだった。

肝心の直樹の両親には、叔父さんがプライドを傷つけないようにうまく話すという。とはいえ直樹本人からも親に電話をしないとまずい。気は重かったがここはドイツ。何を言われたって乗り切る覚悟は出来ている。いずれにしても一度日本に帰り、大学は一年間休学の手続きをしなければならない。両親のことを考えると多少憂鬱《ゆううつ》だが、恋に落ちた直樹にここで立ち止まる気はなく、新たなドイツ滞在計画を強引にでも推し進める覚悟でいた。

アンナと会話をするようになって、直樹のドイツ語は格段に進歩した。読み書きはまだおぼつかないが、日常の会話はほぼ完璧に近いレベルにまで達していた。大学で第二外国語にドイツ語を履修していたのも役に立ったようだ。

一方アンナも、耳とリズム感がいいのだろう。彼女の日本語も普通に会話が出来るくらいにまで上達した。お互い、それぞれの異文化を理解しようとする気持ちが強く、言語の壁は恋のパワーで、乗り越えようとしていた節もある。最近は、時間を決めてドイツ語と、日本語で切り換えて話すようにしていた。カフェで、ドイツ語で話をしていた二人が、いきなり日本語に切り換えて話しだす。隣のテーブルのカップルが驚いてこっちを見る。それも可笑《おか》しくて、二人はわざと大きな声で話をしたりする。

二十代の恋は幻想である――ゲーテ

# Day 2

*K*

「ねえ、カズエのママって、どんな感じなの？」

翌朝ルームメイトのジェシカが、コーヒーを飲みながら一恵に聞いた。

「そうね……自由な人って感じかな？」

「自由って？」

「そうだなぁ、普通の母親というより、未だファッションに興味があって、自由奔放な感覚の持ち主」

「へぇ～素敵じゃない」

「う～ん」

言葉に詰まったのは、派手好みな有希恵に対して、一恵は内心快く思っていないからだ。自分とは真逆の性格が災いして、物心ついてからというもの深く話し合ったことがない。

ホテルのラウンジで両親と落ち合った一恵は、黒いデニムにスニーカー、上着は少しヨレヨレのグレーのロングジャケットという出で立ち。そんな娘の服装を一瞥《いちべつ》し、一瞬苦虫をかみつぶしたような顔をした有希恵に、お母さんは相変わらずだなと、フッとため息を漏らした。確かにラフな格好だ。自分でも日本にいた時の方がもう少し服装に気を配っていたような気もするが……変に着飾るのは趣味ではないし、むしろこの格好の方が自分にとっては自然だ。

一方母親の有希恵は、ジル・サンダーのシンプルなワンピースを着ている。日本にいた頃はさほど気にならなかったが、母親の香水が今日はやけにきつく感じてしまう。

「お母さんおはよう、よく寝れた？」

「昨日は早めに横になったけど、途中起きたりして、あまりよくは眠れなかったわ。もうお昼近いのに、今になって眠くなってきたみたい」

「そうなんだ。お父さんは？」

「う〜ん、飛行機でちょっと寝過ぎたかな。でも、ちゃんと寝ておかないとジェットラグが厳しくなるから、無理矢理寝たよ」

「何なの？　ジェットラグって」

「ああ、それは時差ボケのことよね。ドイツ語だと発音が違うけどね」

「ジェットレクか？」

「さすが！　そうよ」

「一恵はドイツ語はもう大丈夫なのか？」

「そうね、大体はね。でもベルリンとか北部のドイツ語はまだちょっとわからない時があるわ」

ミュンヘンなどの南ドイツと、ベルリンがある北ドイツとでは発音やイントネーションなどが大分違う。北部は南部の言葉を嫌っているとも言われている。その昔はプロイセン王国と、バイエルン王国に分かれていて違う国だったのだから、反目しあうのは当然かもしれない。南ドイツの言葉はどちらかというと、ベルリンよりも、同じドイツ語圏のオーストリアに近い。

極め付けは、北部はプロテスタントで、南部はカトリックということだろう。この宗教観の違いは文化の違いに大きく影響している。

こんな話がある。ドイツで病院に入院すると、宗派はカトリックかプロテスタントか、どちらなのかを聞かれる。確かに今際《いまわ》の際《きわ》での最後の祈りは、カトリックは神父で、プロテスタントは牧師であるから、そこの違いはかなり重要になる。

「で、今日はどうしようか？　お母さんは大分眠そうだけど、ホントにここでまた寝ちゃうと時差ボケは治らないから、今日一日頑張って観光でもしましょうよ。そうそうお母さんは、ミュンヘンは初めてだから、マリエン広場の仕掛け時計でも見に行こうよ。ねっ？　それからランチでもしましょう」

「仕掛け時計があるの？　いいわよ。あなたはどうします？」

「もちろん、お父さんも一緒に付き合ってよ。ここは親子水入らずのミュンヘンってことでさ！」

「わかった。俺も久しぶりだから、一恵プランニングの観光ツアーに付き合うよ」

一恵たちはミュンヘン中央駅まで歩き、そこからSバーン（近郊電車）に乗って二つ目のマリエンプラッツ駅で降りた。市内観光は車よりもSバーンやUバーンなどを利用した方が便利だ。地下から広場に上がると、広場に面して建つネオゴシック様式の壮大な新市庁舎が視界に飛び込んでくる。ヨーロッパの建築はどれも大仰《おおぎょう》な建物が多いが、この新市庁舎も豪華な装飾が建物全体に施され、何度見てもその迫力には圧倒される。

さらにグロッケンシュピールと呼ばれる仕掛け時計は、ミュンヘン観光の目玉にもなっていて、毎日決まった時間に動きだすので、観光客が広場にたまっているときは、そろそろ動き出す頃だとわかる。広場を囲むように建つ店や建物などは再開発が進み、おそらく父親が初めて来た頃とは、かなり様変わりしていることだろう。

「お母さんは何が食べたい？」

「う〜ん何でもいいけど、せっかく来たんだから、この土地の名物って言われるものがいいわ」

「お父さんは？」

「俺も何でもいいけど、この時間この辺はどこも観光客でいっぱいじゃないか？」

「そうね。じゃあ地下鉄に少し乗るけど、私の知ってる店に行こうよ。ちょっと待って、電話してみる」

一恵は携帯を取り出し、行きつけの店に予約の連絡をする。てきぱきとした娘の姿を見れば、両親もドイツに行かせて良かったと少しは安心するかもしれない。

「大丈夫！ 予約出来たわ。満席っぽいけど、マスターが私の両親なら今いる客を追い返してでもテーブルを用意するって」

十二時を知らせる鐘が広場に鳴り響いた。いよいよ仕掛け時計の人形が動き出すのかと思いきや、すぐには動かない。始まるまで数分間は広場にいる観光客全員が、グロッケンシュピールの鐘の音を聞きながら約八十五メートルある新市庁舎の塔を見上げている。いよいよ首が痛くなりだしそうな頃に、仕掛け時計の人形がようやく動き出した。見飽きているはずの一恵もつい見入ってしまう。

遠目には、三十二体もある仕掛け時計の人形はかなり小さく見えるが、実はすべて等身大で出来ていて、塔の真ん中辺りにある仕掛け時計は上段と下段に分かれている。上段ではバイエルン公の婚礼を祝うかのような貴婦人が、下段ではビール樽の職人たちが色とりどりに踊り出し始めた。そのあと馬に乗った騎士の人形が現れ、フランスの騎士がバイエルンの騎士の槍につき刺され後ろに倒れると、アメリカ人らしき団体から、大きな歓声や指笛が飛び交った。

ふと周りを見回すと、足早に広場を横切る地元の人間と、スマホなどで仕掛け時計を懸命に撮影している観光客との対比が面白い。普通の日常と非日常。変わらぬ観光名所の風景がここにはある。

「どうお母さん？」

「仕掛け時計って聞いたから、もっと可愛らしいのかと思ったら、かなり大がかりなのね。面白かったわよ」

「でしょう！　お父さんは？　久しぶりでしょ？」

「そうだな……グロッケンシュピールのメロディが懐かしいよ」

遠くを見るような直樹の眼差《まなざ》し……こんな表情もするんだと、一恵はやや驚きながら、父親の横顔を見つめた。

「さぁ、ランチに行きましょう！」

三人はマリエン広場から六号線のＵバーン（地下鉄）に乗り、一つ目のセンドリンガー門駅で一号線のUバーンに乗り換え、フラウンホーファーシュトラーセ駅で降りた。大通りを渡って、五分くらい歩くと閑静な住宅街が広がる。そこに建つビルの一階に、老舗《しにせ》のドイツ料理店「ツム・バイエルン」はあった。今流行《はや》りのモダンな店というよりは、昔ながらの地元のレストランだ。昼時なので、かなり混雑している。店に入ると待ってましたとばかりに、バイエルンの民族衣装で、レーダーホーゼンという、肩紐付きの革のハーフパンツを穿いた若いウェイターが三人を左奥にある窓側のテーブルに案内した。パリッとしたバイエルン柄といわれる青と白の菱形のテーブルクロスが、清潔さを醸し出している。壁に飾ってあるモノクロの風景写真がこの店の歴史を物語っているようだった。

「お母さん。ここどう?」

「感じのいいお店よね。今案内してくれた人も親切そうだし」

「ここは観光客目当てのお店じゃなく地元客相手だから、味は私が保証する。ドイツ通なお父さんもこういう雰囲気なら安心でしょ?」

「ああ、確かに。まぁ一恵のお薦めなら間違いないだろう」

そこへ大きなお腹を揺らしながら、赤ら顔の男が笑顔で挨拶しにきた。その席でいいか? 気に入らなかったら、何処の席だろうと空けるからと、大声で一恵に話しかけた男が、この店のマスターであるロルフ・アッカーマン。以前は厨房で腕を振るっていたが、今は息子夫婦に任せているという。一恵はあらためて両親を紹介した。ロルフは有希恵を優しく見つめ、あまりお若いので一恵のお姉さんかと思ったとウインクしながら満面の笑みで挨拶した。

陽気で親切なバイエルンの人間だ。直樹がドイツ語で娘がお世話になっていますと礼をいうと、一恵のお父さんはドイツ人だったのか？　ドイツ語があまりに流暢で驚いたと目を丸くしながら一恵に聞いた。父は学生時代にミュンヘンに語学留学をした経験があるから、とロルフに説明した。

「もう昔の事なので」

といいながらも直樹は満更でもなさそうだ。

バイエルン伝統の味を存分に堪能《たんのう》して下さいと言いながら、ロルフはそれぞれにメニューを配った。

「このお店のお薦め料理は？」

直樹の問いにすかさずロルフは、

「アレス！（全部だ！）」

と手を広げ、またウインクしながら笑顔でテーブルから離れて行った。

「明るいマスターよね。あの笑顔だけで、お母さんお腹いっぱいになっちゃったわ」

「そんなこと言わないで、お母さんは何にする？」

「ドイツ語のメニュー見てもわからないから、一恵に任せるわ」

「お父さんはどうする？」

「そうだな、ターフェルシュピッツがあるから、これにするかな」

「それは何なの？」

「そうだなぁ……いわゆるボイルドビーフだ。牛肉を茹《ゆ》でて、白ワサビで食べる。サッパリしてけっこう美味いぞ」

「あなたって何でもご存知なのね。家で外国のことを話したこともなければ、こんな料理を食べたことがあるなんて話、一度だってしたことないのに」

やや語気を強めて有希恵が言った。

「おいおい、なんでそんな嫌味を言うんだ。今ここでする話でもないだろ？」

「あら、じゃあ、いつ話をすればよろしいんですか？」

「ちょっと何よ、二人ともやめてよ。せっかく親子三人での食事なんだから。平和的にランチしましょうよ」

急に険悪なムードになった両親を制して一恵がメニューを選び、食事は進むが会話はゼロに等しい。そんな様子が気になったのかロルフがテーブルに来て、料理の出来具合はどうか？　などと笑顔で話しかけて来た。その時だけ直樹もロルフに合わせて雄弁になり、ビールの話やサッカーの話で場が賑《にぎ》やかになった。

「お父さんって、かなり喋《しゃべ》れるのね。ここまで出来るとは私思ってなかったから、ビックリしちゃった」

「いやいや、そうでもないよ。マスターがやさしく話してくれるからさ」

「ロルフは典型的なバイエルン人よ。訛りもあるし、ドイツ人だって南部の方言は難しいのに、お父さんまったく動じない」

「言葉を覚えているほど、この街を忘れたくない思い出でもおありなの？」

「そんなものはない」

瞬時に空気が重くなった。

冷静に答えた直樹の一言が、沈黙のレベルをさらに上げる。

「ねぇ、二人共なんかあったの？」

「別にないわよ。ちょっとお母さん疲れただけ。でも、ドイツの方って健啖家《けんたんか》よね。これで一人前なんて信じられないわ。私にはもう無理かも」

「なんだ、もうギブアップか？　残しちゃ失礼だから、残すなら俺が食べるぞ」

「えっ？　いいわよ。私がちゃんと責任を持って食べますから」

あえて抵抗する有希恵に呆れながら一恵は、

「ねえ、やっと話をしたと思ったら、残り物でケンカ？　もういい加減にしてよ」

有希恵が食べているのはウィナーシュニッツェルという薄い牛カツだが、確かに一人前にしてはボリュームがありすぎる。ただ一恵もそれを母親一人にというわけではなく、三人でシェアするつもりでオーダーした料理だった。

「お母さん一人じゃ無理だから、みんなでシェアしましょうよ」

一恵は通りかかったウェイターに小皿をもらい料理を分けたが、それぞれの心に残るわだかまりのように、それは残骸としてテーブルに残った。


一恵がドイツに語学留学しようとした、本当の理由を直樹も有希恵も知らない。あの家から出たかったのは確かだが、両親が嫌いになったわけではない。むしろ同世代の友達よりも、親とのコミュニケーションはうまくいっていた。

ただ、裕福な家庭にありがちな他人行儀な物言いや、直樹と有希恵の心に充満している冷たい空気は一恵にとっては息苦しいものだった。子供の頃からそれとなく感じてはいたが……その原因が何かはわからなかった。

そうはいっても両親である直樹と有希恵が、一恵にとって大切な存在であることには変わりがない。

とりわけ父親には特別な感情を持っていた。直樹は仕事人間ではあったが、全く家庭を顧《かえり》みないわけではない。一恵の学校の行事には時間が許す限り参加していた。体型もスマートでスーツが似合う直樹は、自慢の父親でもあった。一恵のパパってカッコいい！　うちのデブオヤジとは雲泥の差！　同級生達の素直な感想が誇らしかった。反対に母親の有希恵には素直に甘えることが出来なかった。大好きだけど、どこか危なっかしい。同性だけが感じる危うい香りを、子供なりに感じ取っていたのかもしれない。

直樹と有希恵は、惜しみなく一恵に愛情を注ぐ反面、お互いの存在には、あまりにも無頓着《むとんちゃく》だった。

もしかして私がいなくなれば、二人は仲良く出来るかも……そう一恵が思うのも当然だった。しかし、そのことだけでドイツ留学を決めたわけではなかった。

それは一恵が高校二年の頃だった。何か本を借りようと父親の書斎に入って物色していると、デスクわきにある、収納ワゴンの一番上の引きだし部分に鍵が差しっ放しになっていることに気がついた。几帳面なお父さんには珍しいなと思いながら、つい興味本位で引きだしを開けてしまった。

中には見たこともない機械の分厚い取説や、会社の書類などが入っているだけだったが、引きだしの奥に十五センチ四方の焦げ茶色の木の箱があった。何だろうと恐る恐る手に取り、それを開けてみた。

そこには一枚の色褪《いろあ》せた写真と、木で出来た十字架があった。写真には若かりし頃の父が写っている。その傍らには透き通るように肌が白く、栗色の長い髪をなびかせた蒼い瞳の外国の女性がいた。その女性は直樹の肩にもたれかかっている。何処かの橋の上にいるようだが、あきらかに恋人同士の雰囲気だ。驚いた一恵は素早くその写真を箱にしまい、ワゴンの鍵はそのままにして、急いで直樹の部屋を出た。動悸《どうき》が鎮まらない。父の秘密を垣間見《かいまみ》たようで、多少の罪悪感があったが、それよりもあの美しい女性は誰なんだろう。お父さんの昔の恋人なのだろうか？　そういえばお父さんは学生時代、ドイツに語学留学をしていたと聞いたことがある。その時の彼女なのだろうか……。

その日から一恵の妄想は徐々に膨《ふく》らんでゆき、いつしかそれがドイツ留学の決断に繋がってゆく。父が学生時代を過ごしたことがあるドイツ。日本で大学に進学するより、現地で言葉を覚えて、私も暮らしてみたい。私はそこで何を感じるのだろうか。

一恵のドイツ行きへの決心が、一枚の古い写真から始まったことを直樹は知らない。

「これからどうする？　お母さんはどうしたい？」

「私はホテルに戻って少し休みたいわ」

「お父さんは？」

「そうだな、お母さんをホテルに連れて帰ってから、少し街をブラブラするよ」

「あら、いいわよ。一人で大丈夫。あなたも久し振りに思い出の街をお一人で堪能なさったら？」

有希恵の物言いを軽く無視しつつ、直樹はテーブルで会計を済ませ店の外に出た。秋の風が冷やっとする。マスターのロルフが店の外まで見送りに出て来てくれた。

一恵もこの重苦しい空気のまま、三人で市内観光などしても無駄だと判断した。

「お母さんは任せて。お父さんは久しぶりにミュンヘンの空気でも吸ってくれば？」

それにしても何が不満なのか、いちいちつっかかる母親の態度はあまりにも子供じみている。旅に出るとその人間の本性が出ると言うが……。

一恵はホテルに有希恵を送った帰りのUバーンで、両親がドイツに来た真の目的は何なのか考えてみた。表向きは自分に会いに来て、ついでにオクトーバー・フェストの観光とは言っているが、それだけのために二人がここまで来たとは思えない。

ビール祭りにしても、有希恵はビールをあまり飲まないし、直樹も生粋のビール党というわけではない。それを楽しみに来たというには無理があるし、二人の会話からはオクトーバー・フェストへの熱意や興味がまったく感じられないのだ。もし行くにしても、二人だけでなんて考えられない。さっきのランチの殺伐とした雰囲気で、ビール祭りを楽しむなんて無理に決まってる。

今日に限って言えば、あきらかに非は母親の有希恵にある。せっかく親子水入らずの食事だったのに、あそこまで場の雰囲気を壊そうとする気持ちがどうしても一恵には理解出来なかった。あれでは父親の直樹だって一人で散歩したくもなる。

その直樹から、携帯に着信があったが、あえて出なかった。いや、出たくなかった。話せばきっと、言わずもがなのことを口走りそうだからだ。

二人とも一緒にいるのが嫌で、心が離れているなら、さっさと離婚でもしちゃえばいいのに……。

はたから見れば幸せそうな夫婦に思えるが、一恵が日本にいた時からその関係はすでに破綻しかけていたのだ。

ただ、二人とも見た目は歳のわりにかなり若い。同じ世代のドイツ人夫婦と比べてもその差は歴然としている。

一恵がよく知っているドイツ人夫婦は、体型には無頓着だ。夫の方は総じて大きな腹の脂肪を持て余しているし、夫人からは若い時の写真を見せてもらったことがあるが、同一人物とは思えないぐらい瘦《や》せていた。日常的にかなりの量のビールを飲む習慣や、高カロリーな料理のせいなのだろうか？

ただそんな夫婦でも、二人で歩くときは自然に手を繋ぐし、笑い合った互いの瞳に愛を感じる。両親にはないものだ。体型も真逆なら、夫婦間の心のふれあいなどもまったく正反対なのだ。

特に母親の有希恵は一般的なドイツ人から比べたら、十歳以上若く見えても全然不思議ではない……久し振りに会って一恵は確信した。

ホテルのエントランスで有希恵と別れるとき、一恵はロビーに入ってゆく母親の後ろ姿を見送った。同性からみてもその後ろ姿はかなり魅力的だ。本人は気づいていないが、歳を重ねた女性特有の色気が有希恵にはある。それが娘の一恵には誇らしくは思えない……。むしろ昔から、母親への微《かす》かな忌避《きひ》感として心に根を下ろしていた。

小学生の頃、友達に、一恵のお母さんって綺麗だねと言われていたうちはまだよかった。中学生になってクラスの男子から、お前のお母さんって色っぽいよなと、からかわれるのが無性《むしょう》に嫌だった。

担任の男性教師が母親を見る視線に、吐き気を催したこともあった。何気なく男が女を値踏みするような独特な視線が一恵の目にはおぞましく映ったのだ。思春期の頃でも男性に対する憧れはなかった。やがて、そういった男の存在自体を忌《い》み嫌《きら》うようになってゆく。

男の前で無防備に女をさらす母親への反発心は、男性への嫌悪感と表裏一体となって、次第に一恵の心に蜘蛛《くも》の巣を張り巡らすように増殖していった。

着る洋服も同級生の母親に比べ、有希恵はかなり派手だ。ピアスも指輪もブランドものを好んでつける。

なんで私のお母さんは、あんなに着飾るの?……なんであんな笑い方をするの?……なんであんな喋り方をするの?……

百歩譲って外見を着飾るのはかまわない。ただ、どうして下着にまでお金をかけるのだろう? 一恵が高校一年の頃だ。家で洗濯を手伝っているとき、母親の下着が全部イタリアのラペルラのものであることを知った。高級下着をつける母親。それだけで自分の母親が不潔な存在に思えてならなかった。

だからといって、一恵はあからさまに母親を無視したり、遠ざけるような行動はとらなかった。母が自分に害をなすわけでもないのに嫌ってしまうことへの罪悪感から、表面的には仲の良い母娘を取り繕《つくろ》うことで、一恵なりに家族内のバランスを保とうとしていたのだ。

しかし演じれば演じるほど、同級生の母娘のような、親密な関係を築くことが出来ない後ろめたさに苛《さいな》まれてゆく。おそらく一恵は、その反動で直樹と親密になっていった。唯一嫌悪感を持たない男性……それは一恵にとって父親である直樹しかいないのだ。

さらに母親への不信感は、次第に男に対する性的嫌悪にも繋がってゆく……。

それからほどなくして一恵は、自分は男性に興味がないセクシャルマイノリティであることを自覚した。

当然のことながら、両親はまだ知らない。二人がドイツ滞在中に打ち明けてもいいと思ってはいたが、今日の二人の様子を見る限り、それは難しいかもしれない。

現在、一恵はルームメイトのジェシカと恋人関係にある。その秘める思いは、一恵にとって何よりも守るべき大切な愛であり、この国にいる大きな理由でもあったのだ。

*N*

娘が気を遣《つか》ってくれたのは嬉しいが、いざ一人で街の空気に触れると、自分でも戸惑うほど過去の思い出が押し寄せて来る。家族といるにもかかわらず、孤独を感じれば感じるほど、あの頃への郷愁がさらに強くなっていく。

マリエン広場を挟んで新市庁舎の真ん前にあった「ペーターホーフ」というドイツ料理の店。今はもうない。アンナに連れて来てもらったレストランだ。

そこは確かミュンヘン名物のヴァイスヴルスト（白ソーセージ）発祥の店とうたっていたのを覚えているが、真偽のほどは定かではない。当時ヴァイスヴルストは、鮮度の関係で午前中しか食べることの出来ない料理とされていたが、今では冷凍保存の技術も上がり一日中食べることが出来るようになった。そうなると、ありがたみも薄れてくる。とはいえツアーなど時間を制限されている観光客にとっては朗報だろう。

アンナが南ドイツ出身ではなく、生まれも育ちも北ドイツのベルリンだと打ち明けてくれたのはその店でだった。アンナ曰《いわ》く、今のドイツの悲劇は、ベルリンがイデオロギーという壁によって、東と西に分断されていることだと言い、第二次世界大戦の爪痕は、その壁に象徴されているという。政治の話になると、直樹は途端に無口になるしかなかった。

「ドイツと日本はお互い敗戦国なのに、ナオキと私では政治の捉え方も関心度も大分違うわね」

「違うというより、僕はほとんど政治に関してゼロに等しい。こっちに来るまで、日本の社会問題や政治のことなんて、考えたことなかったよ。もちろん政治活動をしている同世代の人間もいるけど一部だね。恥ずかしいことだけど、殆どが僕のような連中ばかりだよ」

「ヨーロッパって地続きで国があって、それぞれに国境があるから、自国のアイデンティティーや政治問題などは重要なの。その昔はドイツだっていくつもの王国に分かれて互いの領地を争ってたわけだから、この地に生まれれば政治に無関心だなんて言ってられない。これからはナオキも、もうちょっと自分の国のことを考えた方がいいんじゃない？」

「そうだな。日本って島国でさ、海外旅行なんて漢字で海の外って書くし、いつも外敵からは海が守ってくれたから、その分政治に関心が薄いし、過去の歴史にも鈍《にぶ》いのかもしれない。まさに平和ボケだよ」

「でも、そういう鈍さも時には必要な感覚だと思うわ。戦後の日本のめざましい発展は、過去にこだわらずに、前だけを見て必死に頑張った日本人の努力のたまものでしょ？そこは誇りと思わないとね」

「それはそうだけどさ。政治や社会情勢にも、もうちょっと興味を持つようにしないと」

「ナオキには難しそうね」

「なんで？」

「だって、ナオキって政治の話をすると貝のように押し黙っちゃうし、日本語でだってしたことない。そもそも政治や経済なんて全然興味ないいんでしょ？　議論にならないわ」

呆れられながら、直樹はアンナに一蹴された。

ドイツの若者は、日本の若者より議論好きだ。特に政治に関しては真剣に意見を戦わせる。いつだったか、語学学校の仲間から日本の政治形態について教えて欲しいと言われたとき、直樹はうまく説明出来ずに恥をかいたことがあった。それからというもの、政治的な議論が仲間うちで始まると、直樹はそそくさと逃げ出すようにしていた。政治に無知ということと、自分の意見を決められないことは、この国では今も昔も罪なのだ。

気まずいランチの後、二人と別れた直樹は六号線のUバーンで、ギーゼラシュトラーセ駅まで足を延ばした。駅の改札から階段を上ると、レオポルト通りとフランツ・ヨーゼフ通りの交差点。あの頃と殆ど変わっていない風景が直樹の目に飛び込んで来た。懐かしい交差点に立ち、メインストリートであるレオポルト通りを横切る。真っ直ぐ延びた道路の左側。彼方にケーニッヒ広場に建つ凱旋門が見える。パリの凱旋門とは比較にならないほど小さいが、遠目に見るとミュンヘンの凱旋門も街の風景に溶け込みそれなりに見える。その門を挟んでこちら側のレオポルト通りは、ルートヴィッヒ通りと名称が変わる。

この周辺がシュヴァービング地区であり、かつて直樹が通った語学学校があったエリアだ。以前、この辺りは多数の芸術家や作家が住んでいたという。カフェやレストランなども多く点在しているが、仕掛け時計があったマリエン広場界隈に比べると観光客はあまり見かけない。ミュンヘン大学が近くにあるため学生の姿も多く見られる。やや肌寒いが少し歩き、直樹は近くのオープンカフェに入った。

運ばれて来たコーヒーを一口飲む。忘れかけていた懐かしいドイツを、コーヒーの苦みに感じた。腕を組みながら通りを行き交う若いカップル。当時の自分に重ね合わせながら、直樹はしばらく街の喧噪《けんそう》に身を委《ゆだ》ねてみる。

機内でも繰り返した自問自答……自分の選択は間違っていなかったのだろうか？　記憶を辿《たど》りながら直樹は思う。あの頃と同じ国にいながら、おかれている環境や立場など、今では全く違う自分がここにいる。現実的に幸せかどうかは……見る方向によって大分異なる。会社役員にまで昇りつめた直樹は、はたからは順風満帆に見えるだろうが、プライベートな部分に視点を移せば、最近の妻とのすれ違いなども含め、必ずしも順調とは言えない。

もちろん、それは有希恵だけの問題ではない。お互いの理解不足というのも充分ある……どれだけ妻のことを知っているのかと聞かれたら、直樹も正直答えようがない。同じ屋根の下に暮らしているとはいえ、お互い何を考え、何をしているかなど、全く知らない……というより興味がない。過去にこだわるのは現実から目をそらしたいだけなのだろうか……。

ここ数年、一恵の帰国への説得の件で話し合った以外、ちゃんと向き合って妻と話したことは皆無に等しい。

一方有希恵も一恵がドイツに留学してから時間が出来たのか、主婦仲間と趣味のゴルフに興じている。時には泊まりがけでゴルフに行くこともあるが、直樹は詮索《せんさく》したことがない。当然のように有希恵から話すこともなかった。

そういえば、有希恵はゴルフをやるようになって洋服が若干《じやっかん》派手になったようにも思えるが……。

こんな仮面夫婦のような生活を、この先ずっと継続させる意味などあるのだろうか？　愛することの裏返しに、憎しみがあるうちはまだいい。最悪なのは、お互いが無関心であることだ。

今まで懸命に守ってきたもの。それは一体何だろう？　仕事？　家庭？　いや違う。直樹自身が守ってきたものは、自分自身に他ならない。すべては自分のため。自分のために仕事をし、自分のために実績を上げ、自分のために地位を得てきた。誰か他の人のためにという考えは、ある種の偽善だと直樹は思っている。

自分流のエゴイズムは、自らを鼓舞する原動力のひとつでもあったが、最初からこんな自分ではなかったはずだ……。もし、アンナとあのままドイツで結婚をして、ここで暮らすことが出来ていたら……。そう思いながらも、そのたびに打ち消してきた未来。

突然、鋭利なナイフを喉元に突きつけられたように、思考が止まった。

直樹はコーヒー代とチップをテーブルに置き、再び歩き出す。次の地下鉄の駅まで歩いてしまおう。歩きながら一恵に電話をしたが出なかった。部屋で有希恵と話し込んでいるのかもしれない。

旅の目的は一恵を日本に帰国させることだったが、こちらで一恵に会い、娘の言動を目の当たりにすると、その決意も薄れてきている。一恵も大人だ。自分の選択でここにいる限り、いくら親であっても翻意を促すのは難しい。

ただ一恵はここでドイツ語を学び、この国で何をしたいのか？　そこの部分はこの旅の間に話し合わないといけないだろう。

ふと直樹の脳裏にアンナの言葉がよみがえる。

「ナオキはこの国で何をしたい？」

あの頃の直樹は、アンナと一緒にいたいという衝動だけで滞在を延長した。恋という高い熱量が直樹のすべてを突き動かしていたのだ。

アンナがいるドイツ。それが、自分がここにいるという理由に他ならなかった。

アンナと過ごした月日……今でも特別な時間として直樹の心を捉えて離さない。それは触れることの出来ない虹のように遠くで輝き、封印した過去はこの街の空気に触れると、徐々にその記憶を直樹の胸に呼び覚ましてゆく。

後戻りの出来ない人生、かけがえのない日々の余韻、直樹は自分の心に再び問いかける……。お前の選択は正しかったのか？　間違っていなかったのか？　これでよかったと言えるのか?

不意に頬を切るような風の冷たさを感じた。さまざまな思い出が、再び直樹の頭の中へ堰《せき》を切ったように流れ込んできた。

冷たい向かい風の中、歩けば歩くほど直樹の脳裏で封印が解かれ、記憶がよみがえってくる。

マリエン広場にしても、ここシュヴァービングにしても、多少の変貌はあるものの、直樹から見たらあの頃のままだ。

常に変化する都市、東京とは違う魅力がここにはある。もちろん、アンナと一緒に行ったカフェやレストランも既にないだろうが、懐かしい風景に身を置けば置くほど、あの日に戻って行く気がする。

次の駅まで歩こうと決めていたが、散策しているうちにもう少し足を延ばし、アルテ・ピナコテーク(ミュンヘンの国立美術館)まで行ってみようと思いたった。

ヨーロッパ絵画にあるような、レオポルト通りの背の高いポプラ並木の遊歩道。そこを真っ直ぐ歩いてきた直樹は、凱旋門を越え、地下鉄の駅をも通り過ぎた一つ目の角を右に曲がった。

そのままシェリング通りを行き、三つ目の交差点を左に折れ、バラー通りを真っ直ぐ歩くとしばらくして、あの頃とまったく同じ、懐かしい建物が直樹の目に飛び込んで来た。時を超えても変わらぬ風景は、時に人の心を圧倒しながら、癒す力をも兼ね備えているようだ。

右側の手前には、ノイエ・ピナコテーク（新絵画館）。テレジエン通りを挟んでその先に、アルテ・ピナコテークが建っている。

アルテ（旧）に対してノイエとは新しいという意味だが、ここは十八世紀から二十世紀にかけての近代絵画が展示され、アルテはそれ以前、十四世紀から十八世紀までのデューラー、ルーベンス、レンブラントなど、ヨーロッパ絵画が展示されている。

アルテに通った頻度が高いのは、アンナのお気に入りの絵画が多かったからに他ならない。

ここにはいつもアンナと一緒に来ていた。一人で来たのは初めてだ。重く厚い扉を開けて中に入る。美術館特有の凛とした空気が直樹を包み込む。チケットを購入し、主要な展示がある二階へ左奥の階段で上がる。

まず最初に、中世のドイツとオランダの絵画が展示されている部屋がある。デューラーの有名な絵画「四人の使徒」もそこに展示されており、そのそばには本人の自画像もある。まるで髪の長いロックスターのような自画像で、アンナがレッド・ツェッペリンのロバート・プラントみたいとつぶやいたのを思い出した。

「ナオキも髪を伸ばしたら、デューラーに似てるかも」

悪戯《いたずら》っぽく笑ったアンナの笑顔がふとよぎる……不意に胸をしめつけられた直樹……その視線の先に、アンナ一押しのドナウ派アルトドルファー「城のある風景」があった。

この絵の素晴らしさはアンナに何度も説明されたが、今は思い出せない。ただ人物像を排した美術史上初めての風景画というのだけは覚えている。

アルトドルファーの作品では「アレクサンドロス大王の戦い」の方が直樹の好みだった。

この絵は地上の戦いを細部にわたって描いている反面、天空はまるでファンタジーそのもの。そのパノラマ的手法の絵画は、まったく人物が描かれていない「城のある風景」とは真逆だ。

アルトドルファーは、あまりに沢山《たくさん》の兵士達の描写に疲れて、人物像はもう描きたくないと思ったんじゃないか？とアンナに問いかけたが、一笑に付されてしまった。

ルーベンスやダ・ヴィンチ、ボッティチェリ、ラファエロなどの絵画を鑑賞したあとも、最初の部屋に戻り、アンナの目線でアルトドルファーの絵画の前に立ち尽くしている。

さまざまな記憶が直樹の胸に濁流のように押し寄せて来た。「城のある風景」はドナウの風景でもある。アルトドルファーが活躍した街レーゲンスブルク。そこはアンナと共に最初に訪れたバイエルンの小さな街だった。

八三年の六月。直樹とアンナは初めて二人きりで旅行をした。

この国を知るには主要都市だけを見てはいけない……都市の周辺にある街にこそ、国の本質があるというアンナの意見に賛同した形の旅だったが、直樹の本音としてはこの国の本質を知るより、アンナと旅行に行くことの方が重要だった。

善は急げとばかり、お互いに授業をエスケープしてまで、日程を確保し計画を立てた。移動も鉄道か車か悩んだあげく、機動性の高い車での旅にしたが、学生二人は当然車など持っていないので、そこは借りるしかない。

「ナオキ、車のライセンスは？」

「大丈夫！」

大学の休学手続きで一時帰国した際、直樹は国際免許を取得していた。

これも姉の由美子のアドバイスによるもので、コートの一件で懲りて以来、姉の意見には素直に従うようにしている。ドイツでは道が整備されていて、街から街への移動は車が便利だということ、アウトバーンという原則的にスピード無制限の高速道路も走っていることから、申請するだけで取れる国際免許を持つように強く薦められたのだ。

アウトバーンは第二次世界大戦の前に、ヒトラーが飛行機が離着陸出来るように真っ直ぐに作らせたという話を何かの本で読んだことがあるが、真偽のほどは定かではない。

出発の日の朝、ミュンヘン中央駅の側《そば》にあるレンタカー店で、直樹とアンナは色々悩んだあげく、その店で価格的にも一番手頃な、ビートルという愛称の西ドイツ製大衆車、フォルクスワーゲンに決めた。レンタカー代も含めこの旅にかかる費用はすべて折半だ。

「アンナ、免許は持ってるけど、実は東京であまり運転してないんだよ」

「OK！　じゃあ最初は私が運転する」

レンタカー契約書類のセカンド・ドライバーの欄に直樹の名前を躊躇なく書き込むアンナ。彼女はすべてにわたって決断が早く無駄がない。

いきなりアンナに主導権を奪われた格好になったが、まぁ仕方ないだろう……この国の標識にもまだ不慣れだし、右側通行というのも初めてだ。まず最初はアンナに運転を任せて安心したというのも本音だった。

今回の旅はお互いの授業もあるから休めて二日。週末の土日を使えば四日間の旅になる。

最初に目指したのが、レーゲンスブルクだった。

直樹とアンナは初夏の陽射しを浴びながら、意気揚々とミュンヘン市内からアウトバーンのA9号線に乗った。

片側四車線もあるアウトバーンは、中央分離帯から遠い一番右の車線がスピードの遅いトラック車両の車線になる。

当然のようにアンナは一番左に車線を変更し、思いきりアクセルをふかした。夏に向かおうとするバイエルンの風景がどんどん後方に飛び去ってゆく。

「ほら見て、道が真っ直ぐでしょ？　ここならいくらでもスピードが出せるわよ」

確かに目の前の道は真っ直ぐに延び、その先はゆるやかなのぼり坂になっている。このままのスピードで飛ばせば、空に駈け上って行きそうな勢いで、ちょっとしたジェットコースター気分だ。

「アンナ、そんなにアクセル踏み込んで大丈夫か？」

「平気よ！　といってもこの車じゃ限界があるけど」

助手席に座りながら、直樹は眼前に広がる風景を存分に堪能した。空は何処までも広く澄み渡り、白い雲は日本で見るより遥かに立体的で美しい。

さらに太陽の光は惜しげもなく田園に降りそそぎ、何者にも邪魔されない緑の息吹は、まるで二人の未来を象徴するかのようにキラキラ輝いている。


一時間ぐらい走ったあたりで、アウトバーンのA9号線からレーゲンスブルク方面行きのA93号線に乗り換えた。

路線を変更した途端に、二車線になりカーブが多くなった。ジェットコースターのようなアウトバーンが、サーキット場のコースに変貌したようだ。それにしても、アンナの運転技術は中々のものだ。

ふとスピードメーターを見ると、百七十キロを超えている。でも体感的にそんなにスピードが出ている感じがしない。周囲の車もスピードを出しているという証拠だろう。すると、突然アンナが減速し始めた。

「あれ？　どうした？」

「アウトバーンとはいっても、スピード制限区域があるのよ。ほら前の標識に120って書いてあるでしょ？」

そうか、全部の区間がスピード無制限なわけではないのか……それは残念だなと言葉にしながらも、ちょっとホッとした直樹だった。

「最近は事故が多いから、制限区域も年々増えてるみたい」

すかさずアンナはカーラジオのスイッチを入れた。バイエルンの伝統的なフォークソングが流れて来た。素早く局を切り換えるアンナ。今度は軽快なダンスナンバーが流れて来た。

「ナオキ、この曲知ってる？」

「う～ん、知らないなぁ」

「クイーンよ」

音楽にそう詳しくない直樹でもクイーンは知っている。しかし今流れている曲は全然クイーンらしくない。まるでマイケル・ジャクソンのような曲だ。

「去年出したアルバムの『スティング・パワー』って曲だけど、ブラックミュージックなんて、かなりの方向転換よね。だから熱心なクイーンファンからはあまり評判が良くないみたい」

熱心なファンではないが、確かに直樹がクイーンの曲で知っている「伝説のチャンピオン」や「ボヘミアン・ラプソディ」とは正反対の曲調だ。でも直樹はこの感じの曲は嫌いではない。特に車で聞くには最適だ。

次に流れて来たのは、最近売れてきたイギリスの新人バンド、カルチャー・クラブの「君は完璧さ」。軽快なポップロックが心地良い。

「これを歌ってるボーイ・ジョージってゲイよね？」

「……？」

「私ってそのへん敏感なのよ」

何がどう敏感なのか？……そのとき直樹には理解出来なかったが、アンナは革新的に見えて、実はセクシャルマイノリティに関してはかなり保守的な考えの持ち主でもあった。敬虔《けいけん》なクリスチャンだったことも影響していたのだろうが……今となっては知る由《よし》もない。

そのまま三十分ほど走り、目的地であるレーゲンスブルクに到着した。

帝国自由都市と称されたレーゲンスブルク。後に、ドナウ河畔の旧市街が世界遺産に登録されることになる古い街。知名度の低さから、そこを訪れる人間は少ないが、歴史的に見てもひじょうに興味深い街だ。

幸運にも先の大戦による戦災を免れ、旧市街には歴史的建造物が現存している。かつて神聖ローマ帝国議会が頻繁に開かれたという帝国議会博物館や、ドイツ最古の石橋である「シュタイナーネ・ブリュッケ」。

一一八九年にはこの橋を渡って、あの十字軍が遠征に出たという逸話も残っている。

そして、この街のシンボルとして、ドイツゴシック風の二つの尖塔《せんとう》を構えながら、天に向かってそびえ立つ聖ペートルス大聖堂。まるでレーゲンスブルクの街を見守るように厳然と立っている。

それにしてもアンナはタフだ。目的地に到着するまで一度も休まず、直樹と運転を交代する気配さえ見せなかった。

宿泊先のホテルはドナウ川沿いにあった。旧市街などの中心からは多少離れていたが、アウトバーンを降りて、わりと直《す》ぐに見つける事が出来た。

ミュンヘンにあるようなシティホテルを小さくした感じだが、エントランスなどは木作りで、バイエルン風のペンションというイメージのホテル。雰囲気はかなり良さそうだ。しかもホテルの敷地内なら無料で車が止められるらしい。

チェックインしてくるから荷物お願いねと、アンナは足早にホテルに入って行く。

車のキーを受け取った直樹は、空いている場所に車を止め、トランクから二人分の旅行バッグを取り出し、アンナの後を追った。

ホテルに入ってすぐ左側に、小さな木造カウンターのレセプションがあるが、何やらそこでフロントの人間とアンナが揉めている。

どうした？と聞いても口論に夢中で、とりつくしまもない。会話を聞いていると、どうやらフロントから渡されたのが、予約したのとタイプの違う部屋のキーだったらしい。

結局ホテル側が折れ、直樹たちは車のキーを預けた後、二つのシングルルームのキーを受け取った。

アンナはシングルを二部屋予約したはずなのに、出されたキーがツインルーム一つだったらしい。それをアンナが強硬に抗議して、シングルルーム二つに変更させたのだ。

そういう点は国民性なのだろうか、正しいと思ったら、こちらの国の人間は自分の主張を絶対に曲げない。それに日本人のように安易に謝ることもしない。当然妥協もしない。何ごとも自分が納得するまでシロクロはっきりさせるのだ。

直樹もこの国でこれから少なくとも一年は住む以上、そういった点も少しは学ばないといけないと思うのだが、どうも苦手だった。

「でも、良かったよな、ちょうど二つ部屋が空いててさ」

「私は予約の時に、シングル二部屋と絶対に言った。私は間違ってない」

あまりのアンナの剣幕にちょっとたじろいだ直樹。ただ、旅行プランの大半はアンナの立案なので、直樹はそれ以上は何も言えなくなった。

例えば、さっきの場面で思い切って、いいじゃないかツインでも!とキーを奪い、強引にアンナの手を取って部屋に……いやいやどう考えても、それはあり得ない……直樹は中途半端にため息をついた。この旅への期待が少し萎《しぼ》んだようだった。

エレベーターで三階に上がると、二人の部屋は廊下を挟んでちょうど向かい合わせだった。

「ナオキ、一時間後にロビーでいい?」

「ああ、OK」

「チャオ!」

アンナが部屋のドアを閉める音が、フロントの応対にまだ怒っているからか、かなり激しく聞こえた。

直樹は感傷にふける自分に戸惑いながらも、少し疲れを感じ始める。ミュンヘンに来れば、当時の記憶が少しは甦《よみがえ》るだろうと予想していたが……これほどまでに自分があの時代に囚《とら》われるとは思いもしなかった。人生は予想外の繰り返しともいうが、今の直樹がそれだ。

あの頃の出来事は青春という甘酸っぱい記憶ではあるが、反面痛みを伴う苦い過去でもある。

アンナとの恋は真剣だった……でもそこに自分の未来図を描くことは不可能だった。それは自責の念とは違う。現実にそう出来なかったのだ。過去という亡霊に苛まれ続けて来た直樹……。あの頃一歩を踏み出せなかった原因は？

国、文化、政治、イデオロギー、それらの違いを超えてまでの情熱が直樹にはなかったのか？　いや、そんなことはない。むしろ熱病のような恋に後押しされ、この国にとどまったのだ。結局は日本に戻り大学に復学し、卒業後、安定した企業に就職。ごく当たり前の誰もが歩む人生を選択したことになるのだが……。

F電機に入社してからの直樹は、今までの自分を振り切るかのように仕事に没頭した。理工学部出身で技術畑ではあったが、仕事に対する取り組み方で上司には可愛がられ、半導体の分野でも確実に実績を上げ、技術者としては異例なほどの出世を果たした。このまま行けば技術者出身初のF電機代表取締役社長の座も夢ではない。

しかし、直樹はどんなに昇進しても、心の底から沸き上がる達成感というものを得たことがなかった。何かが足りない……ぽっかり空いた心の空洞を埋めることが、どうしても出来ない……。その空洞を直視せず、無視すればするほど、心のバランスが崩れてゆく……。

そんな自分へのジレンマなのか、彼なりの身勝手な孤独が家族を遠ざけた。会社では面倒見の良い上司であったが、家庭での直樹は逆だ。理由もなく自分の殻に閉じこもり、団欒《だんらん》もそこそこに仕事にかこつけては、書斎に閉じこもることが多かった。一恵が幼い頃は夕食後に、童話などを読んでやったこともあったが、成長と共にそれもなくなった。父親として最低限の役割は果たして来たものの、妻にとって良き夫ではなかった。有希恵の不満を少なからず感じながらも、そういう雑念は無理矢理にでもシャットアウトしてきたのだ。

一恵がドイツに行ってから、その傾向はさらに強まるばかりだった。今回の旅の話を有希恵から切り出された時は、直樹自身、気は進まなかったものの、それでも同意したのは妻である有希恵への罪滅ぼしの意味合いも多少なりともあった。

アルテ・ピナコテークからの帰り、感傷的になった直樹の心を懐かしいシュヴァービングの街並が優しく包み込む。今さら後戻りの出来ない人生を悔やむ愚かさを直樹は知ってはいる。しかし、人は年齢を重ねる度《たび》に、過ぎ去った思い出を美化するというが、逆に後悔という衣を無理矢理にでも纏《まと》わせる場合がある。今の直樹がそれだ。振り向きながら生きることには否定的だった直樹が、今は遠い日々に思いを馳せることに積極的になっている。不本意ながらも過去を辿り、自ら心の空洞を埋めようとしているのだろうか……。ウニヴェルズィテート（大学）駅までの道すがら、あの日に記憶が再び遡ってゆく。

しばらくホテルで休んだ後、アンナと直樹はレーゲンスブルクの旧市街を目指した。運転席でジッと地図を見るアンナ。

「行き方ってわかるのか？」

「う～ん……大体ね。でも狭い路地に入り込むと面倒だから、駅の方の駐車場にする」

アンナは直樹の答えを聞く前に、アクセルをふかし素早く車を発進させた。自分が運転する日は当分来ないかも……そんなことを漠然と思いながら、直樹は車の窓を少し開け、初めての街、初めての旅に、はやる気持ちを鎮めながら、初夏の風の匂いを体で感じた。

二人はレーゲンスブルク中央駅に出て、駅前のマキシミリアン通りを真っ直ぐ進み、二つ目の交差点を左に折れ、道沿いにあった自走式の駐車場ビルに車を止めた。

三階から階段で降りて、その駐車場ビルの裏手に出たが、ここは裏通りなのだろうか。直樹には皆目見当がつかない。アンナは大体わかると言いながら、地図を見つつ周りを確かめては、どんどん早足で歩いて行く。その機敏性を伴う行動力は直樹にはない。

「何だかアンナは住んでる街のように歩くな」

「私だってわからないけど、歩けばきっと……あっ！　ほらあれ大聖堂よ」

青空に溶け込むように、典型的なドイツのゴシック様式である二つの尖塔が見えた。確かにあれは聖ペートルス大聖堂だ。もう大丈夫とばかり、さっさと地図をしまうアンナ。

歩きながらアンナはドイツ中世の面影がこの街にはあると言う。ドイツ語の専門用語にはついていけないが、この街が過去いかに重要であったかは理解出来た。神聖ローマ帝国の議会がこの街で何度も開かれ、その場所が博物館になっている話も聞いた。この後そこに行くのかと思ったら、彼女の興味の対象はそういう場所ではなかった。

「ネエ、ナオキはドイツに来てソーセージって食べた？」

「ああ、マリエン広場近くの市場でホットドッグを食べたことがあるけど」

「じゃあ、『ヒストーリッシェ・ヴルストキュッヘ』に行きましょう」

「えっ？　何それ」

「行けばわかるわ」

笑顔でウインクするアンナの瞳がキラッと輝いた。こういう瞬間、幸せを感じとれることが恋の特権なのだろう。

大聖堂を通り越し、足早なアンナの後をついてゆく。路地を左に曲がると、目の前にドナウ川が見えて来た。そのドナウ川に面したすぐ前に「ヒストーリッシェ・ヴルストキュッへ」はあった。レストランと呼ぶにはあまりに可愛い。小さな小屋と言った方が適切かもしれない。近づくと芳ばしい匂いが空腹感を煽《あお》るように漂って来た。その店の前には細長いテーブルがいくつも並べられ、そこのオープンエリアは、ビール片手にソーセージを食べている客で溢《あふ》れている。

「なぁアンナ、ここってソーセージ屋さん？　もしかして『ヒストーリッシェ・ヴルストキュッへ』って歴史的ソーセージ屋ってこと？」

「そう！　ちょっと大仰な名前だけど、ドイツ最古のソーセージ屋ってところかな？でも席がないな。中でも食べられるけど、外の方がいいよね」

そう言いながら、テーブルを覗《のぞ》きまわり会計が済みそうな人間を探すアンナ。急《せ》かすようで申し訳ないかなと思い、立ったまま動かない直樹とは大違いだ。すぐに、初老の夫婦がアンナに向かって話しかけ、もう会計を済ますからと二人を呼んでくれた。

運ばれて来た焼きソーセージは、粗挽きでアンナが言ったようにひじょうに美味だ。直樹には若干しょっぱい感じもしたが、ビールを飲むにはちょうどいい。店名に偽りはなかったことになる。

メニューにはスープ類もあるが、メインは焼きソーセージ。ただ、本数によって値段が違う。二人で六本ずつを頼んだが、一本一本が小さいのであっという間に平らげてしまった。

眼前にはドナウ川。その河音は水面に煌《きら》めく陽の光と共に、まるで勇壮な音楽のように心に迫って来る。

「ねえナオキ、左に橋が見えるでしょ？　あれが有名な『シュタイナーネ・ブリュッケ』よ」

レーゲンスブルクの象徴とも言える石の橋。流れの激しいドナウをいさめるかのように堂々と建っている。

ソーセージ屋を後にし、二人でその橋を渡る。アンナは橋の下のドナウ川を見ながら、

「上から見ても流れが急でしょ？　こういうのって見てるだけでも飽きない。そうそう、ここから眺める街の風景も素敵よね」

振り向くと、午後の強い陽射しに縁取られた橋の門がある。その左後方には青空を突き刺すように大聖堂の二つの尖塔が見える。

「ねえ、あの門の横に白い建物があるでしょ？　あれはかつてのザルツシュターデルよ」

塩の倉庫、ザルツシュターデル。アンナ曰く、かつてこの街は塩の運搬業で巨万の富を得たという。中世ヨーロッパでは塩はかなりの貴重品で、白い黄金とも呼ばれていた。アルプスで掘り出された岩塩はドナウを使ってレーゲンスブルクまで運ばれ、ここで降ろされてから陸路でそれぞれの街に運搬されたという。

知らない街の歴史は確かに面白い。塩が高額で取引されていたことにも驚くが、こんなバイエルンの小さな街が時の皇帝から『帝国自由都市』と宣下され、自治権まで保証されたのは、経済的にもこの街が重要だった証しでもある。

「いつの時代も、経済的に優位に立った者が勝者になるけど、なんで船で運んで来た塩を、この街で降ろしてわざわざ陸路で運んだかわかる?」

「う～ん、わからないな……」

「聞いた話だけどさ、ここから先のドナウは断崖絶壁の場所が多くなって、荷の積み降ろしが出来ないらしいのよね。そういう意味ではラッキーな街ってことね」

「それによって発展した街か……。ビートルズは『愛こそはすべて』だったけど、この街は金こそはすべてか」

直樹が調子っぱずれにビートルズの曲を歌った。

「メロディがちょっと変だけど、そのとおりね。さっきも言ったけど、どんな時代も経済がすべてなのよ。今のドイツは東と西に分断されているけど、統一したらヨーロッパ、いや世界でも強力な経済大国になるはず。今の時代、資本主義は限界とか言われているけど、私からしたら社会主義の方が危ない」

政治の話になりそうなので、直樹はあえてそれには答えず、自分のカメラで石橋から見えるレーゲンスブルクの撮影に没頭した。

「ねぇ写真、撮ってもらおうよ」

アンナが通りすがりの人に頼んで、石橋の上で二人の写真を撮ってもらった。これが唯一のアンナと直樹のツーショット写真になった。栗色の長い髪が風に揺れ、その瞳はバイエルンの青空よりも蒼く澄んでいた。

「ナオキ、向こう岸まで行ってみない？」

アンナは多少強引に直樹の腕に絡《から》みつき歩き出した。少し歩いたところで、今度は直樹がアンナの腕を取り優しく抱き寄せる。

見つめ合った二人はそのまま自然にキスを交わし、永遠を思わせるようなときめきが二人の時間を止めた。

あの日レーゲンスブルクで撮ったアンナとの写真。実は今回の旅に直樹はその写真を密かに持って来ていた。旅の支度をしているときに、悩みながらも財布にそっと忍び込ませてしまったのだ。

直樹は乗り換えのため、マリエンプラッツ駅でUバーンを降りた。この駅はマリエン広場の地下にあり、SバーンとUバーンの乗り換え駅として、毎日多くの人が利用している。近年再開発により、天井などオレンジを基調にした新しい内装になり、トイレも有料だが改装され、直樹がいた当時よりも数段明るくクリーンなイメージに生まれ変わっている。

直樹はホテルのある中央駅行きのSバーンには乗り換えず、そのまま階段を上り、昼に有希恵や一恵と来たマリエン広場に出た。

昼間より風が冷たい。ホテルに帰る前に、この胸に広がった過去の恋への熱を夜風で少し冷ますのもいいかもしれない。薄暗くなりかけている広場だが、相変わらず行き交う人でごった返している。ただ、観光客は今の時間帯にはそうはいないようだ。

夕方の喧噪の中、広場の中央、金色のマリア像がある辺りで何やら男に絡まれている女性が目に留まった。日本人かな？　遠くて最初分からなかったが……少し近づいてみて驚いた。絡まれているのは有希恵だった。

y

散歩して帰るという直樹と別れて、ホテルに戻った有希恵は後悔した。どうしてランチの時、直樹に対してあんなに不機嫌な態度をとってしまったのか……。語学が堪能な直樹と一恵に比べ、何も出来ない自分。海外に来てまで、置き去りにされたような疎外感を感じる自分が情けなかった。

大人げないと思いつつも、自分のこの感情を抑えることは不可能だった。家族の中でいつも感じる疎外感……。

有希恵は孤独だった。一般的に母親と娘は、何でも話し合う特別な関係といわれるが、有希恵と一恵に限ってそれはあてはまらない。むしろ直樹と一恵の父娘《おやこ》関係の方が親密だと思っている。

一恵は高三の時、三者面談の際も、大学進学を明言しなかった。それもそのはず、進路の話は父親の直樹と密かに進めていたのだ。

結局、ドイツへの語学留学のことも、すべて決まってから有希恵に話が降りてきた。語学の出来る父親と娘……出来ない母親。取り残された感覚は今に始まったことではない。

あとで直樹に謝ろうとは思うが、謝罪を素直に言葉にする自信がない。一恵とも気まずいムードのまま、ホテルのエントランスで別れた。

エレベーターに乗り自分の部屋の階のボタンを押すが、ランプが点《つ》かず何も反応しない。何度押してもダメだ。そうこうしているうちに再び扉が開き、外国人の男性が乗って来た。慌てた有希恵はさらに何度もボタンを押すが動かない。いいかげん見かねた男が「エクスキューズ・ミー」と言いながら、階数が並んだボタンの下にある黒い枠にカードキーをタッチすると、男が降りる階が点灯した。

センサー部分に、自分のカードキーをタッチすると、自動的に降りる階数のボタンが点灯するシステムを有希恵は知らなかったのだ。日常的にホテルに泊まる習慣はないし、今回もチェックインなど直樹に任せっきりで自分では何もしていない。

普通の夫婦ならエレベーターのセキュリティぐらいは、何気ない会話で話題になるのだろうが、それすらないという証拠でもある。心がまた少し重くなった。

男はわかりやすい英語で、自分と同じようにすればいいと丁寧に教えてくれたが、有希恵は恥ずかしさでいっぱいになり、慌ててカードキーをタッチさせるのが精一杯だった。先に降りた男は笑顔でグッバイと言ったが、それにも答えず無表情のまま有希恵は目を伏せた。なんて心が狭い私だろう。親切心で教えてくれた人に素直にお礼も言えないなんて……。

つくづく自分が嫌になり、エレベーターを降りた。ピーン、とだるい体を突き刺すメッセージ音が悲鳴のように誰もいない廊下に響いた。

有希恵は立ち止まり、スマホの画面を見た。誰……？

『明日ミュンヘンに入ります。お時間ありますか？』

レッスンプロの島村豊《しまむらゆたか》からだ。そういえば、彼はＩＴ関係の社長数人を引き連れチェコのプラハへ、ゴルフツアーに行くと言っていたが……同じ時期だったとは……。

有希恵はホテルの廊下で立ち尽くしたまま『会いたい』とだけ返信した。いつもレスが遅い島村から、部屋に着く前に返信が来た。

『宿泊先はマリエン広場のそばのホテル。連絡します。僕も会いたい』

体が火照《ほて》るのを有希恵は感じた。心と体が静かに揺れ始める。

近所の主婦仲間に薦められ、二子玉川カルチャーセンターのゴルフスクールに通い出したのは、一恵がドイツに留学して二ヶ月ほどたった六月。大学時代短期間だがゴルフ同好会に所属していた有希恵はまったくの初心者ではないが、夫の直樹には、ずっとやりたかったけど機会がなかったからと説明した。

小さな嘘が、心にまとわりつく。そんなことを誤魔化《ごまか》す必要はないのだが、咄嗟《とつさ》にでた嘘に心が搦《から》め捕られた。本当にゴルフを始めたいわけではなかった。

見学と称したお試しレッスンで、ゴルフコーチの島村豊に背後から手を取られた時、全身に電流が走ったような衝撃を覚えた。自分の女としての性《さが》が、まだ燃えかすのように残っていたことに驚いたのだ。カルチャーセンターへ通うのはゴルフを習うというより、島村に会いたい、ただそれだけだった。牢獄《ろうごく》のような日常。窒息しそうな直樹との空間。そのすべてから、彼と会うことで解放されそうな気がしていた。

四十代前半の島村は背も高く、がっちりした色黒の筋肉質な体型で、夫の直樹とはまるで正反対。陽に焼けた肌と審美用セラミックの不自然な白い歯が滑稽《こっけい》にも見えるが、陽射しの下では爽やかな笑顔にも映り、カルチャーセンターに通う主婦達の心を独占している。

そんなツアープロ崩れの島村は、カルチャーセンターに通う今どきの中年女性の心情を知り尽くしているかのように、つかず離れず焦《じ》らしながら、さりげなく主婦たちの体に触れてレッスンを進めて行く。噂では女性関係も派手で、あまりいい評判は聞かない島村だったが、有希恵自身、そんなことはどうでもよかった。そういう男は若い頃から腐るほど知っているし、多少遊び人の方が気楽な関係を作りやすい。少しずつ島村に、興味以上の好意を感じ始めた有希恵でもあった。

ある日、レッスン後に主婦仲間と別れ、たまたま一人で歩いていた有希恵に島村が車で近づき声をかけてきた。

「来栖さん。ご自宅まで送りましょう」

「えっ？」

有希恵の返事を聞くまでもなく、島村はわざわざ車から降り、助手席のドアを開け、有希恵の手を取り座らせた。有希恵も臆《おく》することなく、自然にそこに座った。自宅がある瀬田《せた》とは反対方向に車は進む。車の中では二人とも無言だ。シルバーのBMWのオープンカー。自分の年齢とは不似合いではないか？

そんな車への違和感を覚えながら、次第に有希恵の頭の中は真っ白になっていった。カーラジオから流れる交通情報が都内の渋滞を知らせるが、自分が何処を走っているのかもまったく見当がつかない。ほどなく、玉川ＩＣ近く環八沿いに立つＹホテルの駐車場に島村は車をすべり込ませた。


結婚前、有希恵は直樹が勤めるＦ電機本社・社長秘書室にいた。社長個人付きの秘書ではなかったが、スケジュールなどの管理は有希恵の担当であり、室長からも全幅の信頼を得ていた。出来るならそのまま会社に残り、キャリアアップしたいという野心もあったが、直樹に出会いその夢は封印した。

それまでは、週末になると友人たちと、ウォーターフロントと呼ばれる、芝浦界隈に出来たばかりのディスコに通うような生活だった。浮名を流しては、それはそれと割り切って、一晩だけの恋にうつつを抜かしていた時期もあったぐらいだ。

そんな有希恵も家庭に入り、子供に恵まれ、夫のキャリアアップの支えになることを生きがいとするよう心がけた。遊んでいた人間ほど、逆の生活パターンには従順で順応性が高い場合があると、友人たちを見ていてもそう思う。

有希恵の思惑通り、直樹は順調に出世をし、今では執行役員にまで昇りつめている。次期専務との呼び声も高く、社長候補の一人と目されている。有希恵が支えたという自負は当然ある。が、夫の直樹はそんな有希恵の陰の努力に気づきもせず、無神経なほど妻には無関心だ。支えてもらったという感謝の言葉も当然ない。

気がつけば、有希恵はただ単に年老いただけの女に成り下がっていた。夫との関係は冷え切り、娘は遠いドイツに行ってしまった。

何もかもが手の届かない所に遠ざかってゆく……自分だけ枯れ木のように朽《く》ち果て、取り残されてゆく焦燥感。


その夜、有希恵は自宅で一人コーヒーを飲みながら、リビングでオンデマンド配信の海外ドラマを見ているが……内容が全然頭に入ってこない。今夜も直樹の帰りは遅い……。仕事人間の直樹。唯一の救いは夫に愛人の影がまったくないことだろう。コーヒーカップを静かにテーブルに置き、テレビを止めた。

有希恵は数時間前の余韻に浸りながら冷静に記憶を辿った。あれは夢？　そう思い込もうとすればするほど、島村のゴツゴツした指の感触が、シャワーで洗っても流しきれない残り香のように体中にまとわりついてくる……そう、紛れもなく、あれは現実。

車から降りた島村は、慣れた手つきでホテルの部屋にエスコートし、ドアを閉めたとたん、有希恵の両肩を抱き寄せキスを迫って来た。思わず両手で島村の胸を押し返し抵抗するが、逆にその手を摑《つか》まれ上に押し上げられ、ドア横の壁に押しつけられた。その瞬間、有希恵の中にあったモラルは崩壊し、人妻であるという罪の意識は完全に砕け散った。

自然な流れで、島村は有希恵の洋服に手をかける。ゆっくりと脱がされながら有希恵はそっと目を閉じた。

その間もキスを止めない島村。罪悪感が次第に罪を犯す喜びに変わってゆく有希恵……。その果てにはさらなる恍惚《こうこつ》への扉が待っていた。

そのまま勢いで激しくベッドに倒れ込む。意外に島村にガツガツした感じはない。あくまで有希恵の心を基軸として、大切なものを扱うように優しく抱きしめてくる。ゆるむように自然に体が痺《しび》れてゆく。夫とは違う手順が新鮮でもあった。女はそれらを冷静に観察しつつ演技する習性がある。女性は誰しもベッドの上では、年齢に関わらず老獪《ろうかい》な女優になるという。それを知らずにだまされる男。すべてを知りながら翻弄《ほんろう》されるフリをする女。今を征服したい男と、過去と比べながら未来を見据える女。このゲームに勝負がつくことはない。

下着に手をかけられた時、思わず相手の手を制したが、有希恵には抗《あらが》う力や気力はとうに失《う》せていた。一糸まとわぬ姿になった有希恵。さりげなく部屋を暗くする島村。崩れた体の線を気にする年代の女性への配慮が嬉しい反面、慣れた島村の手練手管に微かな嫉妬を覚えた。

支配された空間……刻まれる時間。鼓動が激しく波打つ中、とっくに忘れかけていた官能の波が五感を刺激し、さざなみのように押し寄せて来る。次第にそれは大きくなり、突然津波のように有希恵に襲いかかってきた。激しい稲妻に体を貫かれたような絶頂感の果てにバラバラになった心と体。

思い返すだけでも顔が紅潮してきた。エクスタシーの渦に呑み込まれた自分。あんなに強烈で情熱的なセックスは生まれて初めてだった。

終わったあともやさしく有希恵の髪を撫《な》でる島村。何から何まで、夫とは違う……。

テーブルのコーヒーが冷め切ったところで玄関の鍵を開ける音がした。

現実に引き戻される有希恵。不思議と罪悪感というものがない。その日から、有希恵が秘める思いは、背徳の恋そのものになった。


有希恵はスマホを握りしめたまま、ホテルの部屋の隅にあるソファに座ってボンヤリと島村のことを考えていた。

会いたいといったって、どうやって時間を作ればいいのだろう……どうやって会えばいいのだろう……。

ここはドイツのミュンヘン。一人では何処にも行けない外国の街なのだ。自分の無力さに再び落ち込んだ。

私は一体何のためにドイツまで来たのか。もちろん娘の一恵を日本に帰国させることが、第一の目的ではあるのだが……。

ひとり思いを巡らせていると、突然ハッと有希恵はあることに気がついた。もしかしたら……彼の旅行のきっかけを作ったのは私かもしれない。

すっかり失念していたが、島村からIT関連の社長達のお供で行く海外ゴルフツアーの話を聞いたのは、六月の憂鬱な雨が降る昼下がり。情事の後のベッドの中でだった。

今いる部屋とは比べものにならないくらいチープな一室だ。

「実は今度、チェコのプラハに行くかもしれない」

「何でプラハなの？」

「チェコには百以上のゴルフ場があるそうで、しかもプラハ周辺には温泉付のコースもあって、ヨーロッパではかなりの人気らしいんですよ」

「そうなの」

「僕も初めてだし……ていうか、いつもの社長らのお供なんで、気は進まないんですけどね。断っちゃおうかな……」

梅雨空《つゆぞら》のような、どんよりした島村の横顔を眺めていたら、ちょっとした、いたずら心が有希恵の胸をつついた。じゃあ私もその時期にヨーロッパに行くようにするから、向こうで会うのはどう？と軽い気持ちで提案した。もちろん家庭の主婦が、簡単にヨーロッパに行けるはずがない。あくまでもジョークで言ったつもりだったが……。

ポカンとした顔で有希恵を見つめる島村。

「えっ？　ほんとに？」

「娘がドイツにいるから、会いに行くついでにというのはどう？」

「その話乗った！」

島村は飛びつくように有希恵を抱き寄せたが、それを押し返すように、

「何よ、冗談に決まってるでしょ」

舌を出し笑いながら否定し、今度は有希恵の方から、島村に飛びついていった。危ないと知りながら、女としての自信とプライドを取り戻せる島村との逢瀬《おうせ》は、もはや有希恵には生きる上で、必要不可欠な時間になりつつあった。多分、定期的に通うエステの感覚に近い。

ただし、有希恵はルールとして、島村とのことは一歩ホテルの部屋を出た時点で、すべて忘れるようにしている。話した内容も、吐息も、行為もすべてだ。ごくたまに家に帰って、島村のゴツゴツした指先の感触を思い出すことはあるのだが……。それが勝手に決めた有希恵なりの恋のルール。

――後腐れのないセックス――それ以上でもなければ、以下でもない。

このためだけの逢瀬なのだから、有希恵にとってはゲーム感覚に近く、一歩部屋を出てしまえば、中で起きたことは魔法が解けたように、跡形も無く消え去ってしまうのだ。

とはいえ、もしも島村が有希恵に会うためだけに、気の進まないゴルフツアーに参加したとしたら、それはそれで少し哀れな気もするし、愛しくもある。

旅先での孤独感からか、少しずつ島村に対する思慕が、有希恵の心と体を捕らえてゆく。ショートメールでは明日ミュンヘンに来るとあったが、マリエン広場の側のホテルって何処なのだろう？……再度メールで聞いてもいいが、自分から聞くのを有希恵のプライドが邪魔している。

つまるところ今回のドイツ旅行は、島村との話とは別に進めたわけだから、偶然の産物なのだ。けして島村との密会のためにここまで来たわけではない。当然私に罪などあるはずがない。

自分の都合のいい解釈に置き換えて結論を出すのは、有希恵の得意とするところだ……。混乱する気持ちを振り払って、もう一度頭を整理した。

夫と共にこの国に来た目的は、娘の一恵に帰国を促すこと。その一点だけは夫婦の意思の疎通としては健全なもの。だが、こちらに来て夫婦間はいきなり日本にいるときよりもぎくしゃくしだしている。

直樹とはランチの後別れたきりだ。おそらく久し振りの街を散策でもしているのだろうが、電話の一本くらいしてくれても良さそうなのに……。それすらない。

直樹との今後を見つめ直すために一恵を日本へとも思ったのだが……それはすでに無駄な努力であり、直樹との関係は、もはや危険水域寸前にまで達しているのかもしれない。

ふと有希恵の脳裏に〝離婚〟の二文字が浮かんだ……が、積極的にそれを進める気はない。世間的にも通りがいいF電機執行役員夫人の座を自ら降りる気などはさらさらないし、その座を降りた所で今の自分に何があるのか……。

ただ、異国で不安と孤独の渦中にいる有希恵に連絡してきたのは、夫ではなく秘めた思いを寄せる島村だけだ。自己不信に陥っている有希恵にとって、彼からのメールは、暖かい一筋の光のようにも感じられた。しかし会いたいと言っても、問題はいつ何処でどうやって会うかだ。

今まで島村と深い話を一度もしたことはないが、ゴルフスクール仲間から聞いた島村の評判と、二人きりで過ごすようになっての印象とでは大分差がある。

確かに女性に手慣れてはいるが、遊び人特有の傲慢《ごうまん》さはない。むしろ紳士的であり、夫の直樹よりは、世代の違いもあるのか数段フェミニストだ。

ただ、島村は独身を匂わせているが、どうやら結婚をしているらしいと、同じスクールの噂好きな主婦にそれとなく聞いてはいた。だからといって、あえて本人に問いただすことはしなかった。

有希恵は島村と会っているときだけ女になれる。いや本来の自分に戻れると思っている。結婚していようがいまいが、そんなことはどうでも良かったのだ。もし結婚しているなら、お互い様でむしろ気が楽とも言える。それにしても島村は私のことをどう思っているのだろう。

有希恵は幼い頃から、一人っ子の特権を最大限に生かし、両親にも、親戚からも、可愛い可愛いと溺愛され、蝶よ花よと育てられてきた。学生時代はグループの花形であり、常に自分が世界の中心的存在であるのが当然と思っていた。社会人になり、バブルを謳《おう》歌《か》した時代もそれは続き、有希恵の築いた王朝は永遠に続くものと本人は信じていた。その絶頂期に有希恵は直樹と結婚。しかし、そこから有希恵の王朝は衰退の一途を辿る。有希恵が挫折や孤独というものを知ったのは、直樹と結婚してからなのだ。

娘の一恵とのよそよそしい関係もその一つ。一人っ子の娘もまた自分と同じようにちやほやされ、我《わ》が儘《まま》放題に成長するものと思っていたが、予想とはまったく違ってしまった。有希恵が感じる我が子の印象は……地味……の一言だ。

しかも、高校を卒業後はミュンヘンに行ってしまった。淋《さび》しいといえば淋しい……離れて暮らしているとはいえ、当然母親として娘を思う気持ちはある。

ただあの娘は物心がついてからずっと何か心に秘め、母親の自分に大切なことを隠している気がするのだ。それが一体何なのかはわからない。それを知るためにもう一度、母親としてしっかり向き合いたい……何でも話してくれて可愛かった幼い頃のように……。だからこうして夫の直樹まで巻き込み、ミュンヘンにまで来て、娘を日本に連れ戻そうとしている。それなのに、今の自分は島村からのメールで浮き足立ち、我を忘れるぐらいの混乱状態の中にいる。

ちょうどその時、廊下を歩く外国人カップルの楽しげな会話がドア越しに聞こえてきた。勿論《もちろん》内容は分からないが、幸せそうな雰囲気は伝わってくる。

それに引き替え私は異国のホテルの部屋で一体何をやっているのだろう……。このまま部屋にいて直樹の帰りを待つのは、日本の自宅にいるときと同じで何だかしゃくだ。有希恵はこの憂鬱な気分を払拭《ふっしょく》するため、外に出てみようと思い立った。

この後直樹が帰って来て自分が部屋にいないと知ったら携帯にでも連絡してくるだろう。なければないでそれでもかまわない。心がまた少し離れるだけのこと。島村からのメールで少し大胆になった有希恵は、くさくさした気持ちを脱ぎ捨てるかのように新たな洋服に着替え、日本から持って来た観光ガイドブックを手に部屋を出た。

ホテルから駅までは歩いて二分もかからない。駅の正面、中央入口の横にある南口から構内に入ると、縦に並んだホームが有希恵の目に飛び込んできた。三十番線以上あるホームがまるで巨大なレーンが並んだボウリング場のように見える。レーン状に並んだホームを挟んだ反対側には、キオスクを含む軽食などのフードコートや、フルーツやドリンクが買える小さなマーケットが並んでいる。一恵に聞いたところではここは日曜も営業しているらしい。

ミュンヘン中央駅は起点と終点の駅でもあるから、ここからドイツ以外の国へも行く事が出来る。並んだホームの中央辺りに、行き先を示す電光掲示板があった。ハンガリーやオーストリアなどの首都が表示されている。そこが海に囲まれた日本とは違うところだろう。しかも、検札は列車の中で行われるので、ドイツ鉄道の駅には改札口というものがない。

旅行者でごった返す駅の喧噪の中を、彼らの慌ただしい急ぎ足とは真逆な足取りで歩く有希恵。花柄をプリントしたブランド物のシルククレープ製ワンピースはラフなツーリストよりも目立ち、有希恵を振り返る人間も何人かいた。

ちょうどそのとき、ウィーン行きのインターシティ・エクスプレス（ＩＣＥ、ドイツの新幹線）が発車するところに遭遇した。日本のように騒々しい駅の構内アナウンスもなく、ベルも鳴らず、ＩＣＥが静かにすべるように出てゆく。

有希恵はふらっとウィーン行きの列車に乗ってしまいたい衝動に駆られた。しかし、今の自分にそんな大胆なことは出来ない。深いため息と共に汗ばんだ島村の横顔が浮かんでは消えてゆく。

そのまま真っ直ぐ並んだホームを通り過ぎ、反対側の北口に進み、すぐ横のエスカレーターで地下へ降りた。その道順は今日一恵達と歩いたルートなので覚えていた。

地下に降りると直ぐ目の前にＳバーン（近郊電車）の小さなモニター画面の付いたオレンジ色の自動券売機が並んでいる。有希恵は見よう見まねで、その画面をタッチしチケットを買った。行き先はマリエン広場だ。有希恵の頭の中から、夫の直樹や娘の一恵のことは一切消え去っていた。

有希恵を乗せたSバーンは、あっという間にマリエンプラッツ駅に着いた。ガイドブックを片手に有希恵は駅に降り、昼に乗ったのと同じエレベーターで地上に出た。夕暮れ時に見上げたネオゴシック様式の新市庁舎は、何やら有希恵を睨みつけるように建っている。

何のあてもなく広場をゆく有希恵。駅に向かう人の流れに逆行し、周りをキョロキョロしているだけでもかなり目立つ。

いくら島村の宿泊先がマリエン広場の側とメールに書いてあったからといって、土地勘のない有希恵にホテルを探せるはずがない。自分でもそう思いながらも、食い入るようにガイドブックを見続けている。

右往左往しているうちに有希恵は、携帯をホテルに忘れてきてしまったことにはたと気がついた。あまりにも島村からのメールが気になり、携帯を洗面所まで持ち込んで、そのまま置いて来てしまったのだ。

私こんな所で何してるんだろう……ホテルに戻ろう。そう思ったとき、誰かが声をかけて来た。有希恵が振りかえると、かなり身なりのくたびれた一見若者風な男がニヤニヤしながら話しかけてくる。ドイツ語なのでまったく理解出来ない。首をかしげながら、有希恵はつたない英語でドイツ語はわからないとジェスチャーを交えて話すが、その男は聞く耳をもたず、ドンドン話しかけてくる。一瞬強烈な酒の匂いを感じた有希恵は、思わず手のひらで鼻と口を押さえ、そこから立ち去ろうとするが、男はいきなり有希恵の手にあったガイドブックを奪い取り、また話し出した。

「何するの！　それを返しなさい」

思わず日本語で言い返す有希恵。その勢いに少したじろいだ様子だったが、男はすぐにまた薄笑いを浮かべながら話し出した。ガイドブックを取り返そうと手を出すと、本を持った手を引っ込め返そうとしない。その動作を繰り返す間、延々と喋り続ける男。そんな押し問答が続いた時だった。

「有希恵！　どうしたんだ」

「あら、あなた！」

直樹の姿を見て、ほっとしたかのようによりかかる有希恵。そのまま目の前の男にガイドブックを取られて返してくれないと話すと、直樹はその男に丁寧な口調でその本を返して欲しいと訴えた。男はこのご婦人がガイドブックを見て、道に迷っているようだったから助けただけで、自分はガイドだと言いはった。ありがとう、ならばもう大丈夫だから、本を返してくれと直樹が言うと、なんと男は図々しくもガイド料を要求してきた。いくらだと問いかけてもニヤニヤするばかりで答えない。その時ポケットから、チラッとナイフのようなものを見せる男。身の危険を感じながらも直樹は落ち着いて、たまたまポケットにあった二ユーロコインを二枚渡そうとしたが、再びニヤニヤするばかりで受け取らない。そのやりとりを見て、思いあまった有希恵は自分の財布を取り出した。

「財布を出しちゃ駄目だ、有希恵!」

直樹がそう口に出した途端、男は有希恵から財布を奪い取った。思わず男に飛びかかり取り返そうとする直樹だったが、いきなりみぞおちあたりに強烈なパンチを受け、その場にうずくまってしまった。

「あなた!」

その声に周りの通行人たちも異変に気づき、その場に居合わせた何人かのドイツ人が、その男を取り押さえようとしてくれた。だが、男は素早く財布から現金だけを抜き取り、周りの人間を振り切って、財布をその場に叩きつけて逃げ去ってしまった。

息も出来ないくらい強烈なパンチを受け、しばらく起き上がれないほどのダメージを受けた直樹だったが、どうにか回復し、まずは助けてくれた数人のドイツ人たちにお礼を言った。

野次馬が集まり、誰かが警察に通報したのだろう、数人の制服警官も来て辺りはいきなり騒然とした雰囲気になった。そんな中、親切な人間が何処かの店から簡易な椅子を持って来てくれて、直樹をそこに座らせた。

駆けつけた警官には座ったまま、有希恵への通訳をしながら、簡単な状況説明をし、その場で二人は調書を取られた。奪われた金額は日本円で五万円と二百ユーロだった。有希恵は青ざめたまま立ち尽くしている。結局警察署には行かず、その場で解放されたが、有希恵のショックは大きかった。

「大丈夫か？」

「あなたこそ大丈夫なの？」

「ああ大丈夫だよ。あんなへなちょこパンチなんてどうってことない」

「ホントにごめんなさい……」

「だから大丈夫だって。それより有希恵に怪我がなくて良かったよ。金は仕方がないが、でも何であそこにいたんだ？」

「一人で部屋にいるのも退屈だったし、知ってる場所はあそこだけだったから……」

マリエン広場に来た本当の理由が、火遊び程度の男からのメールに動揺したからだなんて口が裂けても言えない。もし悟られでもしたら、取られた金額よりも、もっと大きなものを失うことになる。有希恵にとってこの程度は嘘とは呼ばない。

「このまま帰るより、ちょっと歩くか？」

「あなたが大丈夫なら……」

「俺は平気さ。この道を真っ直ぐ行けばカールス門に出る。そこからSバーンに乗って帰ってもいいしな」

二人はカウフホーフ（デパート）前のカウフィンガー通りを歩きだした。マリエン広場からカールス門までの約一キロは終日歩行者専用道路になっている。

ふと有希恵は二人で肩を並べて歩くのは、何年ぶりになるのだろうと思った。アクシデント後の警察への対応など、感謝の気持ちも当然あるが、昼間別れたまま一度も連絡してこなかったわだかまりが完全に消えたわけではない。

「有希恵、喉渇いてないか？」

「そうね……確かに少し渇いたかも。あなたも？」

「OK！　じゃあこの辺で何か飲もう」

カウフィンガー通りは、途中でノイハウザー通りと名称が変わる。その変わった辺りの左手に「アウグスティナー・グロースガストシュテッテン」という老舗のビアレストランがある。ミュンヘンで最も古いビールメーカーが経営している。

直樹はアーチ型の窓から店内を覗き、

「ここにしないか？」

もちろん有希恵に異論などない。七百二十四年前の建物を利用した店は、もともとは修道院だったらしく、店内もその名残のような雰囲気がある。直樹が言うには、留学していた時代に何度か通ったレストランでもあるらしい。

二人は奥の四人掛けテーブルを見つけてそこに座った。入口の印象より、中はかなり広い。

「昼間行ったレストランより広いわね」

「ここは千五百人ぐらいは入れるらしいからな。それにビールは醸造所直営だから、他よりちょっと安いし味も保証するよ。夏は店の前にテーブルが出て、そこでみんなビールを飲んでたよ。しかし、この辺りも大分変わったなぁ。何だかさっきのことで本気で喉がカラカラだよ」

こんな饒舌《じょうぜつ》な直樹は初めてだ。しかもあんな事件があった後なのに、この明るい雰囲気は有希恵が知っている夫とは違う人間を見ているようだった。この街が直樹をそうさせているのだろうか？ そう言えば、ここに留学していたことは知ってはいたが、どんな暮らしぶりだったのかは一度も話をしてくれたことがなかった。

「有希恵もビールを飲むか？ そうそうヴァイスビアというのを試してみないか？」

「それって？」

「小麦を多く使ったビールで、この地方の名物なんだよ。色が淡く独特な色合いなので ヴァイスビア、つまり白ビールと呼ばれている。もし飲みにくかったら俺が飲んでやるからさ」

「何だかあなた、別人のように饒舌ね。昼間のことは私も言い過ぎたし謝ります。だからそんなに気を遣わないで」

「いやいや、そういうわけじゃない。俺も久しぶりにこっちに来たから、浮かれているだけさ」

直樹は注文を取りに来たウェイターにヴァイスビア二つと、つまみ用にソーセージプレートを一つオーダーした。運ばれて来たヴァイスビア。有希恵には初めて体験するビールの味ではあったが、飲みにくいこともなく、難なく飲み干してしまった。

やはり二人ともさっきの事件の後遺症で興奮していたのだろう。有希恵にいたってはヴァイスビアが気に入って追加オーダーまでした。

「しかし、お前もよくマリエン広場まで一人で来れたな」

「あら、昼間にあなたや一恵と来たから、覚えていただけですって」

「さっき、別人のようだって言ったけど、俺からしたら今日のお前の行動だってらしくないぞ。何かあったのか？」

一瞬ドキッとした有希恵。そのとき直樹の携帯が鳴った。一恵からだった。あれから有希恵に何度電話しても出ないから、心配で直樹にかけたという。電話を貰ったついでに直樹は、今二人でビールを飲んでいることと、さっき起こった事件の顚末《てんまつ》などを、丁寧に一恵に話した。驚いた一恵はすぐにお母さんに代わってと直樹にせがんだ。

有希恵は今すぐに一恵と話すのは面倒だなとは思ったが……そのまま電話を代わった。

「何よお母さん！　何度も電話したのに」

「あら、ごめんなさいね。携帯を部屋に置いてきちゃったのよ」

「そんなことより少し寝るって言ったから、ホテルの玄関で別れたのに、また出かけるなら連絡してよ。一人で出かけたの？　怪我などなくて良かったけど、偶然お父さんに出逢わなかったらどうすんのよ！　どうせまた目立つ格好でフラフラしてたんでしょ？」

こうなると、完全に母娘の立場は逆転してしまっている。一恵の機関銃のような剣幕に押され、半分以上は聞き流しているが、娘にも島村からメールがあったことは隠し通さないといけない。そこだけは絶対に守らないといけない。酔いが回った頭の中でも、自分への確認だけは冷静な有希恵だった。

*y*

# Day 3

翌日は、親子三人でオクトーバー・フェストに行くことになった。昨夜の電話で一恵に詰め寄られ、それに従ったことになる。ミュンヘン滞在三日目にして本来の旅の目的が希《き》薄《はく》になってきた直樹と有希恵は、娘である一恵に煽られるように今日の予定を決めさせられたのだ。

一恵はまだ怒っていた。直樹にというより無防備な有希恵に対してだろう。待ち合わせはお昼にホテルのロビーということだったが、十一時過ぎにはホテルに着いた一恵から、直樹の携帯に電話がかかってきた。

「お父さんおはよう。もう起きてるわよね？　お母さんも一緒？」

「あぁ、そうだけど、まだちょっと早くないか？」

「う〜ん、お父さんのことは心配してないけど、お母さんの行動が何だか不安で、昨日あまり眠れなくて……あっ、これはお母さんには言わないで」

「えっ？　あっ、わかった」

有希恵の方に直樹はチラリと気まずそうな目を向ける。一恵が声高にまくしたてるので丸聞こえなのだ。

「よくよく考えたら、夕方のあれって警察沙汰でしょ？　それにお父さんはボディ一発ノックアウトだし。もし相手が凶器でも持っていたらホントに大変だった」

一恵には、男がナイフのようなものをポケットからチラつかせていたことは言っていない。

「お父さんもさ、お母さんと何があったか知らないけど、せっかくの旅なんだから、自分を少し抑えてお母さんを楽しませてあげて」

一恵は有希恵が突然一人で外に出かけたのは、あのランチで、二人が険悪な状態になったからだと思っている。それは確かに伏線ではあったが、決め手ではない。

「それと、会場は広いから動きやすい格好で来るように言っておいて」

「おいおい、俺が言うのか？　そういうことならお母さんに代わるから」

「そこは夫婦の絆ってもんがあるでしょ？　うまく言ってよね。昨日のようなことはないようにしないと」

チラチラこっちを見ながら話し続ける直樹。昨日のランチのことなら有希恵が一方的に不機嫌になったのだ。

「お父さんも思うことは色々あるだろうけど、そこをさ、お父さんの懐の深い裁量でうまくやってよ」

「わかったわかった。じゃあ支度が出来次第ロビーに降りるよ」

「OK！ じゃね！ チャオ！」

昔から一恵は、何か問題が起きると真っ先に相談するのは父親である直樹だった。今だって直樹に電話をしてきたということは、昨夜の事件に関して、有希恵に言っても無駄だと思っているから父親に釘をさしたのに違いない。

自分の行動が不安だとか、服装の注意まで……あの娘にとって自分は危うい母親としてしか映っていないのだ。

いつの頃からか、娘の母親を見る目はどこか懐疑的だ。見て見ぬ振りをしていたが、有希恵もそれほど鈍感ではない。女同士のカンというのだろうか、空港からの会話でも何気にキツイ一恵の言葉は、秘める心の深層を読み取られるようで少し怖い気がした。

そんな不安を打ち消すように、お気に入りのルージュを鏡の中の自分の唇に強くひいた。

それぞれの心にある秘めた思いは、それぞれの思惑の中で息を潜め、未だ眠りから覚める気配はなかった。

今日の有希恵は、ストレッチの利《き》いた黒のパンツに、ダークグレーのちょっと長めのアウターを薄い黒のセーターの上に羽織る感じで、これなら一恵も文句はないだろう。直樹は相変わらず何も言ってこない。もっとも夫は自分のファッション感覚に麻痺《まひ》しているのだろう……。直樹の前では何を着ても同じなのだ。ふっとため息をついた……。

待ち合わせの時間より少し早く降り、ロビーで一恵を見つけると直樹が声をかけた。

「一恵！　お待たせ」

「お父さん、お腹は大丈夫？　今日は何があってもノックアウトされないでね」

「全然大丈夫さ。今度ああいうことになったら、お父さんはロッキーになって相手をぶちのめしてやるよ！」

「あなた、冗談でもそんなこと言うのやめてください！　昨日だって心臓が止まりそうなくらいだったんですからね」

「それにしちゃお母さん、今日はなんか生き生きしてない？　メイクもバッチリで本日もお綺麗よ」

「なによこの娘《こ》は。親をからかわないの！　今日は沢山歩くんでしょ？　だから動きやすい格好にしたのよ」

「会場へは中央駅からUバーン四号線か五号線でも行けるけど、ここからは歩いて十五分くらいだから歩いちゃおうね。お父さんも大丈夫だよね？」

「ああ、いい天気だしみんなで歩くか」

オクトーバー・フェストの会場は、中央駅の南側およそ一キロの所にある、テレージエンヴィーゼ広場。毎年九月の下旬から十月の上旬まで開催される。会場になる広場は南北に一キロぐらいあり、楕円《だえん》のような形でかなり広い。メインの入口は北側にあるが、東西南北に入口は合計七カ所もあり、どこからでも入場出来るようになっている。

ただし、二〇一六年七月二十二日にミュンヘン北部にある大型ショッピングモールで起きたイラン移民二世による銃乱射事件の影響で、手荷物の持ち込み制限規則が出来た。そのせいで大きなリュックなどは会場には持ち込めず、小さな手荷物でも入口では厳重なセキュリティチェックがある。乱射事件の犯人がリュックに銃を隠し持っていたことから、こういう会場での厳しい手荷物検査は至極当然なことだろう。

しかし、ヨーロッパ全体がテロや移民問題に揺れている中、このような大きな市民の祭りが毎年開催されることは素晴らしいことでもある。

会場に入ると、ミュンヘン六大醸造所《ブリュワリー》の巨大ビールテントとそれに併設されている遊園地などに圧倒された。会場に流れるＢＧＭもユーロビート系が多く、自然と体が揺れて来る。

有希恵は本来この手のお祭り騒ぎはけして嫌いではない。会場に入った途端、体が熱くなり自然と心がフワフワしてきた。若き日のバブル時代。芝浦ウォーターフロントのディスコ三昧《ざんまい》だった頃の血が思わぬ場所で騒ぎ出す。

昼間からこれほど大勢の人間がビールを飲んでいる姿を見るだけでも壮観だ。三人は空いているならどこでもいいと、片っ端からテントを覗いてみるが、どこも今の時間は満席状態。昼なら大丈夫だろうと思ったのが甘かったのかもしれない。それでも根気よくテントを回り、ようやくライオンがシンボルマークのレーベンブロイのテントに三つ席を確保出来た。

それぞれのテント中央には舞台があり、民族衣装に身を包んだバンドが演奏している。それを囲むように席が作られ、大体十人ぐらいがマックスのテーブルの両サイドに長椅子が置いてある。席は基本的に合い席だ。

オーダーは一恵に任せたが、ビールを頼むだけで精一杯なので、後で外の屋台で何か食べることにして、このカオス状態のような場所では三人はオクトーバー・フェスト特製のビールだけ堪能することにした。しかしビアジョッキの大きさも凄い。一リットルのジョッキを有希恵は初めて見た気がする。飲んでみると、思いのほかノド越しがいい。

「お母さん気をつけて飲んでよ。オクトーバー・フェストのビールは普通のよりアルコール度数が高いからね」

「あら、そうなの？　私はこっちの方が好きだわ」

「ホントか？　お前は日本でもあまりビールなんて飲まないのに、味が分かるのか？」

「あなた、郷に入れば郷に従えって言うでしょ？　細かいことは気にしないで飲みましょ！」

「あれっ？　お母さんもう酔ったみたいね」

有希恵は心の底から楽しくなっていた。昨日まで感じていた孤独感や疎外感が次第に薄れていく。決してそれはオクトーバー・フェストのビールのせいではない。直樹や一恵のようにドイツ語が出来ないという劣等感が、二人が知らない秘密を持つことで、仄《ほの》かな優越感に変わりつつあったのだ。

ただ気になるのは、あれから一回も島村から連絡が来ないこと。昨夜はあの事件でそれどころではなかったが……朝に一度くらい連絡をくれてもよさそうなものだが……。

結局、一リットルのビールを飲み干せたのは有希恵だけで、直樹も一恵も空きっ腹にビールはキツイと半分も飲めなかった。

「お母さん、飲みきっちゃったけど……ホントに大丈夫？」

「全然平気よ！　もっと飲みたいくらいだわ」

「ウソ！　マジで？　お母さん素飲みＯＫなんだ！　ちょっとビックリ」

若い頃は、強いスピリッツをガンガン飲んで踊っていたわけだから、いくら度数が高くてもビールぐらい、どうってことない。

「でも何か食べないと……そうだ！　焼き魚でも食べない？」

「お魚なんてここにあるの？」

「鱒《ます》か鯖《さば》の丸ごと一匹の串焼きがあるはず！　あとプレッツェルも買わないと」

広い敷地内に、色々なゲームやお土産店がひしめき合っているさまを見て回るだけでも楽しくなる。こんな気持ちになったのは久しぶりだ。心地良い酔いが自然と有希恵をハイにさせてゆく。

「一恵、あそこのジェットコースターにでも乗らない？」

「え〜っ！　ダメダメこんな状態で乗ったら絶対に気持ち悪くなるって」

「私は大丈夫よ……一人でも乗って来ようかしら」

「やめて！　絶対駄目。何か食べてから乗り物は考えましょう」

今日もどうやら母娘の立場は逆転しているようだ。渋々ジェットコースターをあきらめた有希恵は歩きながら、何気なく右横の射的コーナーを凝視した。

日本人？　アジア人？　それ風な男数人と女性数人で、その場所を独占しているグループがいた。その中で声を張り上げ場を盛り上げている男を見て、有希恵は思わず息を呑んだ。

島村豊だ……。

𝒦

オクトーバー・フェストの会場に到着してから、有希恵の行動はあきらかに変だった。あれだけ陽気に振る舞っていたかと思うと急に押し黙り、こちらからの問いかけにも上の空だ。直樹は有希恵の変化に気づいていないようだったが、一恵は敏感に察知した。

「お母さんどうしたの？　具合でも悪いの？　あんなにビールを飲むからよ」

「うん……」

「何処かで休む？」

「ううん……大丈夫」

何を聞いても上の空だ。心ここにあらずといった感じで視線をそらす有希恵を見て、一恵はあることを思い出した。

高校二年の夏休み。初めてのバイト代で、有希恵にシンプルな薄いブルー系のブラウスをプレゼントした。包みを渡したときは素直に喜んだ有希恵だったが、色もデザインも気に入らなかったのか、品物を見た途端に表情をなくした。そこを一恵は見逃さなかった。すぐ笑顔に戻り、あふれんばかりの感謝の言葉を何度も返してくれたが、取り繕った不自然な喜びは隠しようもなく、その時見せた母親の態度や表情は、娘にとってかなりショックだった。当然のことながら、そのブラウスを着た姿を一恵が見ることはなかった。

何かが気に入らないとすぐに顔や態度に出る母親……その時の雰囲気に似ている。こうなると、何を言っても無駄なことはわかっているが、原因が一恵にはわからない。ただ、昨日と同じような気まずいムードになるのは避けたい。せっかくの親子水入らずが、今日も台無しになってしまう。あえて一恵は自分を押し殺し、明るく脳天気に振る舞った。

「ねぇねぇ、さっきはああ言ったけどさ、三人でジェットコースターに乗らない？　いいでしょ？　お父さん」

「えっ何だよ、酔っ払って乗ったら気分が悪くなるって言ってたじゃないか」

「でもさ、せっかくここまで来たんだから、ミュンヘンで親子ジェットコースターなんて、思い出作りとしちゃ最高だと思わない？　ねぇお母さん」

「あらっ、えっ？　あっ、うん。お父さんがいいなら私はいいわよ。あなたは大丈夫なんですか？」

直樹も渋々だが従っている。臆病風に吹かれていると思われたら男の沽券《こけん》に関わると思ったのだろう。

「じゃあ、チケット買ってくるわね。お父さんお金頂戴《ちょうだい》！」

「何だ、ちゃっかりしたヤツだな」

とにかく、直樹に有希恵の変化を気づかれないようにしたい。昨日の気まずいランチの時のような状態にならないよう一恵は必死だった。こんな二人から離れたくて、ドイツに来たというのに……。

「おいおい一恵、あれって何回も回転してるぞ。昔来たときはあんなのなかったな。五輪のマークみたいにも見えるが、何度も回るのかぁ……それにかなりのスピードじゃないか！」

最近の絶叫マシンからすれば大人しいものだが、直樹にとっては初めての経験。その饒舌さは、心の不安を露呈しているかのようだ。

「お父さんこういうの苦手だっけ？」

「苦手も何も、回転するヤツは乗ったことがないからな。しかし、列がドンドン進むな……」

一つのレールに複数のライドが稼動しているので、列の進み具合は日本の遊園地よりもかなり早く、すぐに順番が来た。偶然にも一番前のブロックになったので、一恵は有希恵と最前列に乗り、その後ろに直樹が一人で乗り込んだ。

親子ジェットコースターは意外に楽しかった。懸念したように気分が悪くなることは三人共なかった。

「ああ面白かった。でもお父さんさぁ、何もあんな大きな声出さなくてもいいのに。途中可笑しくて笑っちゃったよ。ねぇお母さん」

「そうね。あなたらしくないというか……あなたって、あんな声も出るのね」

「いやいや、自然に声が出ちゃったよ。こんなの初めてだったからな」

「お父さん、上で逆さまになったとき目つぶったでしょ?」

「つぶってないって」

「ウソ!」

「う〜ん、少しつぶったかな?」

「ハハハ、やっぱり。お父さんって意外に可愛いのね」

たわいもない会話のせいか、表面的にでも自然に心が打ち解け合う気がした。してやったりの一恵だったが、やはり、さっきの有希恵の態度が気になる。

心を覆った微かな疑問……SF映画のように人の心を読める力があったらと、一恵は真剣に思った。

そのあと三人で会場内に点在するお土産屋を覗き、直樹の留学当時からあるという『蚤《のみ》のサーカス』を観た後は、縁日のような遊戯で時間を潰した。射的はうまくいかなかったが、並んだ缶にボールを当てるゲームで直樹はかなりいい点を出し、賞品として巨大なウサギのぬいぐるみを取った。この手の賞品はその場では嬉しいものだが、後で扱いに困ることが多々ある。巨大なぬいぐるみは、一恵がもらうことにした。

「ほんとにいいのか、こんな大きいヤツ、ルームメイトに迷惑じゃないのか」

「大丈夫。お父さんからって言っておくから、ジェシカもきっと喜ぶと思うわ」

それからもう一度、席の空いているテントでビールを飲み、オクトーバー・フェストをそれなりに堪能した三人は、誰が言い出したわけでもなく、自然と出口に向かった。

オクトーバー・フェストの会場を出ると、有希恵のリクエストでショッピングをすることになり、歩き疲れていた三人は、会場周りに待機しているタクシーに迷うことなく乗り込んだ。

「買い物は何処に行けばいいの？」

「そうだなぁ、お母さんが見たいのはどうせブランド品でしょ？」

「どうせって何よ」

「でも、そういう店がいいんでしょ？」

「そうね、まぁ覗くだけでもいいし……」

「了解！　運転手さん、マキシミリアン通りのホテル・フィア・ヤーレスツァイテン・ケンピンスキーまでお願いします。そこでお茶しましょ」

「何だか舌を嚙みそうな名前のホテルね」

すかさず直樹が、

「フィアは四で、ヤーレスツァイテンは季節。だから四季のことだよ。つまり英語で言えば、フォー・シーズンズ・ホテル」

「さすが、留学の大先輩だけのことはある。お父さんも泊まったことあるの？」

「いやいや、俺も名前を知ってるだけで泊まったことはない。ミュンヘンの中でも最高級のホテルだしな。それにあの周辺は高級ブランド街だから、学生だった頃はまったく縁がない」

「学生だけに〝円〟がない！　あっ、お父さんの時代はマルクね」

笑い合う直樹と一恵だったが、

「あら、全然面白くないわ。一恵、それってオジサンギャグじゃないの？」

「ハハハ、オジサンじゃなくて、オヤジギャグよ、お母さん！」


ホテル前でタクシーを降りた三人は、そのままフィア・ヤーレスツァイテンに入った。そこは直樹たちが泊まっているホテルとは真逆のクラシックなイメージで、赤と金で統一された内装はまさに王の館のようだ。入って右側がフロントになるが、その前のロビーホール全体がラウンジになっていて、コーヒーやティーが楽しめる。テーブルやソファなどのインテリアも高級感が漂う。

ロビーの天井には円形のモザイクガラスがはめてあり、さらに豪華さを醸し出している。ただ、高級ホテルにありがちな人を寄せつけない冷たさはない。老舗特有の伝統という余裕が、訪れた人の心を惹《ひ》きつけているのかもしれない。

「素敵なホテルね。一恵は来たことあるの？」

「うん、ガイドのヘルプでね。お客さんとの待ち合わせで何回かある。でもお母さんて、こういう雰囲気にも気後《きおく》れしないよね」

「あら、どんなホテルだってラウンジへの出入りは自由でしょ？　あっ、あそこ空いてる」

真ん中辺りの四人掛けのテーブルを見つけて座り、残った椅子に景品のウサギを座らせた。それを見て、ロビーにいあわせた子供が声をあげて笑った。

「洋服のせいかな？　オーダー取りに来た人、絶対親子って思ってないみたい。私のことを熟年夫婦の観光ガイドと思ってるかもね」

「あら、そんなことないわよ……。ねぇ一恵って、お洒落《しやれ》には興味ないの？」

「ないことはないけど、動きやすい格好の方が好きかな？」

咄嗟に一恵は誤魔化した。女性らしいお洒落にまったく興味がない。

「小さい時はよくスカートを穿いていたのに、ある時期からずっとパンツルックよね」

「じゃあお母さん、素敵な洋服買ってよ」

「う〜ん、でも一恵の趣味って、お母さん分からないし。私が選んだ洋服なんてあなたは着ないでしょ？」

「そりゃそうだ」

「ハッキリ言うわね。あなたぐらいの年頃なら何でも似合うのに……」

「でも洋服にお金かけるなら、もっと他のことに使いたいな」

一恵の言葉に反応した直樹は、

「何か欲しいものでもあるのか？」

「そうだなぁ、しいて言うなら車かな？ この国だと車があると便利だしね。えっ？もしかしてお父さん買ってくれるの？」

苦笑いの直樹を見て、すかさず有希恵が、

「車なんて危ないからダメよ。それに車は高いでしょ？」

「お母さんの持ってるバッグとか靴を全部売れば、小型の中古車なら充分買えるけど」

「何言ってんのよ、中古なんてダメよ。買うなら新車にしなさい」

「ハハ、お母さんこそ変。買うなと言ったり、新車と言ったりさ。一体どっちなの？」

「とにかく車は我慢しなさい。ねっ」

笑顔で聞き流しながら一恵はロビーを見渡し、オクトーバー・フェストが開催されるこの時期はどのホテルも混んでるし、料金も高くなるけど、それでもこういうホテルに

泊まる人もいるんだなぁとつぶやいた。それを聞いてハッと思いついたように有希恵が、

「ここはマリエン広場から遠いの？」

「ううん、近いよ。歩いても五、六分くらいかな？」

聞くなり突然ソワソワしだした。さぁ早く買い物に行きましょうと、二人を急かし、コーヒーを飲み終わらないうちに有希恵は席を立ってしまった。

「えっ何よ、せっかちね。ちょっと待ってよ！　あっゴメン、お父さんここ払っておいて」

一恵もそのまま席を立ち、有希恵の後を追った。

エントランス付近で一恵が振り返ると、取り残された直樹が、やれやれとため息をつきながら、ゆっくりと少し冷めたコーヒーを口元に運ぶところだった。直樹とその目の前に座るウサギのぬいぐるみとの対比が妙にシュールに映った。


ホテルの前がちょうどマキシミリアン通りで、この大通りの両側には内外の高級ブランド店が建ち並んでいる。

ここへは有希恵のためだけに来たようなもので、一恵にはまったく興味のない場所だ。

しかし、水を得た魚とはこのことなのだろう。有希恵は自分の気に入ったブランド店を見つけては率先して入ってゆく。母親のショッピングに対する積極性には舌を巻く思

いだ。さらに、言葉もままならないのに探しているバッグの話になると、店員と会話が成立しているから不思議だ。

「お母さんの買い物に通訳はいらないね」

「あら、待ってよ。言っている意味の半分も分からないけど、こっちがお金を出すんだから強気でいかないと。デザインも色々見せて欲しいし」

「へぇ、凄い。お父さんはもう疲れちゃったみたいで、ウサギと一緒に外で待ってるって」

「あら、そうなの？　でも会計の時は呼んで来てね」

呆気にとられる一恵……が、日本で感じていた母親に対する嫌悪感は少し薄れていた。

かなりの時間をかけてマキシミリアン通りを散策し、有希恵は財布とハンドバッグとベージュの大判カシミア・ショールを購入した。会計とタックスフリーの手続きなどは、ちゃっかり直樹と一恵に任せる有希恵。そんな母親の大胆なしたたかさも、今の一恵には許せる範囲になっているが、心の底から理解出来る存在にはなっていない。嫌いではないが、好きでもない、そんないびつな愛情という壁が、自分と母親である有希恵の間に立ちはだかっている。

買い物の間も、有希恵は自分の買いたいもの以外は目もくれない。嘘でもいいから、一恵にはこれが似合うかな？とか、何か小物の一つでも買ってあげようか？とか、娘を気遣う言葉は一切吐かないのだ。

すべて自分中心で物事は回り、常に世界の真ん中にいないと気が済まない性格の有希恵。ある意味、家庭を顧みずに仕事人間だった直樹とは同類なのだ。

同類であるがゆえに水と油以上に合わない二人。やはり、オクトーバー・フェストのためだけにドイツへ来たとは思えない。何かここに来た本来の目的があるはずだ。

その時、ジェシカからラインが届いた。何か用があったわけではなく、恋人同士のたわいもないメッセージだ。

『今何処？　私はオデオン広場のいつものカフェ』

『両親といるけど、もう別れるからそこに行く。メールする』

自分の秘めた恋。男性ではなくルームメイトのジェシカとのことを有希恵に話したらどういう反応が返ってくるだろう……。少し心が重くなった。

*N*

直樹にとって、オクトーバー・フェストは二度目だった。三十数年前に一緒だったのはアンナではなく、当時の語学学校の仲間数人と学校帰りに立ち寄ったのだ。

最初にビールを一気に飲み干したせいか、初めてのオクトーバー・フェストの印象は強烈だった。夜だったので巨大な酉《とり》の市《いち》にも見えた。いつの時代も自分の限界を知らずに泥酔《でいすい》する若者は大勢いる。

当時も人で溢れかえり、酔った客同士の揉め事に警備員が割って入ったり、何やら警官が会場にパトカーで乗り付けたりするのを遠目に眺めた。その後は日本の夜店にあるような、射的や輪投げなどに仲間と興《きょう》じた。酔った勢いで歯止めの利かない若者は、こういう大騒ぎが大好きなのだ。数日後、アンナにオクトーバー・フェストでそれなりに楽しんだことを話すと、

「そういうの、ナオキは好きなんだ」

「そういうわけじゃないけど、行けば分かるよ。今夜二人で行こう」

「今夜はダメ。今度時間があったらね……」

まったく乗り気でないアンナ……その理由を問うと、

「ナオキが楽しんだのなら良かったじゃない。私はバカ騒ぎするためにミュンヘンに来たわけじゃないから」

「えっ？　何だよ、そういう言い方はないだろ？」

思わず直樹は語気を強めた。

「あっ、ごめんなさい。他意はないの。ほんとゴメン」

ホテルのフロントとも臆せず言い合うアンナにすんなり謝られると、次に続く言葉がない。

「……」

それっきり二人の中で、オクトーバー・フェストの話は封印された。

当時、オクトーバー・フェストは、単に観光客相手の祭りだと揶揄《やゆ》する地元の人間もいた。

この街に暮らすアンナは、ビール祭りに対する意識が根本から違うのか？　それとも、学生の分際《ぶんざい》で祭りなどに興じることは出来ないという彼女なりの規範に基づくものなのか？

あの時は、アンナとこれ以上揉めたくないという理由で、議論から逃げた格好になったが、彼女が頑《かたく》なにオクトーバー・フェストを拒否したその真意を、今こそ知りたいと直樹は思った。しかし、今さら知ったところでどうなるものでもない……。

会場に入ってから、途切れ途切れに記憶の淵《ふち》を彷徨《さまよ》いながら、そんなことをひとり思い返す直樹。あれから三十年以上も経ち、何もかもあの頃と変わってしまったのに……どこまで後ろ向きなんだと呆れ果てた。

ただ、自分は変わっても、オクトーバー・フェストの印象や雰囲気は、当時とほとんど変わっていなかった。遊園地には、直樹もトライした超高速で回転するジェットコースターなど、現代風な新しいアトラクションも増えてはいたが、当時から人気の遊具だった「トボガン」は相変わらずの人だかりだ。

高速ベルトコンベアで一人ずつ一気に塔に上り、滑り台で降りてくるという、至ってシンプルなものだが、ビールでかなり酔った人間が挑戦するので、高速ベルトコンベアで足をとられ、ほとんどが転げたり、バランスを崩して四つん這《ば》いになったまま上ったり、かなりコミカルな光景が繰り広げられる。それを周りで見ている観客は、冷やかしの指笛をならしたり、笑い転げたり大喜びだ。

最初は面白可笑しく見物していた三人だったが、有希恵がどうしてもやってみたいというので一恵と挑戦した。一恵は途中で転んでしまったが、有希恵は係員がしっかり手を引いてくれたので転ぶことなく上がり、ご機嫌で滑り台を降りて来た。

「これ楽しいわね。あなたもなさったら?」

「いやいや勘弁してくれ。前にもやったことあるし、俺はさっきのジェットコースターで充分さ」

あの頃、仲間と遊んだ記憶が断片的によみがえる。

――変わり行くものと、変わらないもの――

三十数年前の自分と、今の自分を比べると考え方も生き方も百八十度違う。当然風貌も変わった。あの頃は単なる学生で、アンナという恋人がいた。現在は家庭を持ち、それなりの地位を得、ドイツ在住の娘がいる。そして今、あの頃と同じようにミュンヘンという街にいる。

そうやって、過去を反芻《はんすう》し続ける直樹……。そうすることで心にポッカリ空いた空洞を埋めようとしている。それはまるで、ピースが足りないジグソーパズルを組み立てているかのようだ。しかし、足りないピースが何なのかは自分でも分かっていない。もしも仮に、心の空洞を埋めて、パズルが完成したとしても、新たな未来というピースが見つかる保証はない。

それにしても、疲れ気味の自分とは逆に、有希恵と一恵が楽しそうにしている姿を見ることは、直樹の救いになる。

今回の旅の目的は一恵を日本に呼び戻すことだったが、ここ数日間の娘を見ていると、もしかしたら一恵はここにいた方が人間として成長出来るのかもしれないと直樹は思い始めた。

いつものことだが、有希恵のショッピングは長い。二人共店に入ったまま出てこない。待つのは慣れてはいるが、いい歳の男が、ウサギのぬいぐるみを持ってミュンヘンの街角で佇《たたず》む姿はかなり滑稽だ。ウインドウ越しに中を覗くと、有希恵が嬉々として買い物を続けている。華やぐ妻を見ているとむしろ、自分にも甲斐性があるのが誇らしく思えてしまうのは、つまらぬ男の虚栄心に違いない。

気がつけば陽も少し傾きかけ、綺麗な夕焼けになりそうな空模様になってきた。記憶は再びあの頃を彷徨い始める。

あの日、バイエルンの陽射しに包まれたシュタイナーネ・ブリュッケでのキスは、二人の心をまた一歩近づけた。

「ナオキっていつも突然だよね」

「えっ。何で？　ダメだった？」

「だからそうじゃなくて……ナオキの煮え切らないもどかしさも、素直で可愛いと思うけど、やっぱりこうやって行動で示してくれると嬉しい」

そんなにハッキリ言われると返す言葉が見つからない。

「ほら、何か言ってよ」

「あっ、ゴメン」

「また謝る。それって日本人の悪い癖よ。本気で悪いと思っていないのに、その場を丸く収めようとすぐ謝るでしょ？　それはやめた方がいいわ」

確かにそうだ、ドイツ人はめったなことでは謝らない。日本のように群れの協調性を重視する文化の中では、謝罪はコミュニケーションをスムーズにさせる言葉でもあるが、先に謝ってしまえば済むという考えは、こちらでは通用しないのだ。

「でもナオキにも、そうやって自分を改革しようとするパワーが潜んでいるみたいね」

「そうかなぁ」

「ある！　もっと自信を持って自分を主張してよ。サムライの国から来たんでしょ？」

体が少しだけ熱くなった。言葉には力があるというが、アンナの言葉には特別な力がある気がしてならない。

シュタイナーネ・ブリュッケからの風景を堪能した二人は、結局向こう岸には渡らず、そのまま引き返し旧市街へと向かった。

石橋のたもとを通る、ゴールデネ・ベーレン通りを横切り、さらに真っ直ぐ行くとほどなくして、道路を挟んだ正面に大きな壁画が現れた。建物の三階にまで及ぶ壁画はかなり迫力がある。

「これは何だ？」

「この壁画はね、旧約聖書『サムエル記』にあるダビデと巨人ゴリアテの戦いを描いたものらしいけど、何でこの絵がこの建物に描かれたのかは知らない……」

十二世紀の頃、ここは宿屋で、ゴリアーデンという官僚を目指す人間が、ここに宿泊しながら職を探していたという。それから、いつしかこの宿は「ゴリアテハウス」と呼ばれるようになり、そこからダビデとゴリアテの壁画が十六世紀頃に描かれたらしい。つまり聖書の話とは関係なく、大きな勘違いから生まれた作品でもある。

暫《しば》く壁画を鑑賞したあと、アンナは自然に直樹の腕に腕を絡ませ、そのまま右へと歩きだした。石畳の街を歩く感触は、東京のアスファルトを歩く時とは違う、異文化への敬意さえ感じさせる。

橋の上でのキスとも相まって、もっと自己主張をと、うながされたせいか、直樹は知らず知らずに饒舌になっていた。前を歩く初老のドイツ人男性の職業は何だとか、通りすがりの店の歴史についてとか、口から出任せの当てずっぽうでアンナに喋りまくった。しかもドイツ語でだ。

「ナオキって、そんな性格だっけ？　さっきまでとは別人みたい」

「いやいや、ドイツ語の練習も兼ねてさ。どう？　文法とか大丈夫かな？」

「ちょっと変な部分もあるけど、大体合っている」

「そうか、それは良かった」

「う〜ん、私が言ったのはそういうことじゃないけどね。喋りすぎと自己主張は違う」

「あっ！　ちょっとうるさかった？」

「フフフ、ちょっとね。でも大丈夫よ」

自然と心が通い合う二人。

「あのさぁ、今さらなんだけど『神聖ローマ帝国』って一体何だったんだ？」

「簡単に言えば、中世のドイツは貴族が支配する小さな国の集まりだったでしょ？ まぁそんなモザイクのように点在していた国を一つにまとめ上げていたのが神聖ローマ帝国ってこと。で、まとめる会議がよくここで開かれていた」

「そっか、アパートのような集合住宅の定例会の会場がレーゲンスブルクってことか」

「ハハハ、面白い表現ね。確かにそんなようなものだわ。ほら、正面に見える古い建物は旧市庁舎だけど、あそこの二階で帝国議会が開かれていたみたい」

一階が観光案内所になっている旧市庁舎は、今は帝国議会博物館となっていて、それなりの風格はあるが、議会があった建物にしてはわりと地味だ。旧市街全体が古い建物だらけなので、そこだけ突出しているわけではない。言われなければ通り過ぎてしまいそうだ。

二人はそのまま進みハイド広場に到着した。ミュンヘンのマリエン広場に比べたら、大分こぢんまりしている。この手の広場はレーゲンスブルクには数多くあるが、ここは特に歴史のある広場だとアンナは言う。広場の右側にある城砦《じょうさい》のような建物を指差して、

「ほら、今は一階がカフェになってるけど、ここが十三世紀に建てられた『ゴールデネス・クロイツ』。今も一部はホテルとして利用出来るけど、昔は皇帝も泊まる宿泊所だった」

「へぇ、皇帝御用達にしてはここも地味だな。でも名前が凄い。金の十字架だろ？　日本の金閣寺みたいだ」

「えっ？　何？　キンカクジ？」

「あっ！　ごめんごめん。日本の京都にある古いお寺でさ。金箔が貼ってあってかなり派手なお寺なんだよ」

「へぇ〜、それは見てみたい。京都へはいつか行ってみたいな」

「もし京都に行くなら任せて！　案内するよ」

「ナオキは京都は詳しいの？」

「あっ、ゴメン。そうでもなかった」

舌を出す直樹に、アンナは平手で思いきり背中を叩いた。

「痛っ！　こら、何するんだよ」

「いい加減なことばかり言ってるからよ」

和《なご》やかに笑い合う二人。直樹の心に何かが生まれ始めている……それが愛というものなのか……まだ分からない。

カフェで休んだ後、二人は時間をかけて、じっくり旧市街を散策した。その頃には直樹もすっかりこの街が気に入ってしまい、アンナの説明に真剣に耳を傾けた。ここには、変わらないドイツの伝統という歴史の重みがあり、バイエルンの大らかさや素朴さが今でも残っているのだ。アンナがこの街を一番に薦めた理由が、直樹なりに少し分かったような気がした。

そろそろホテルに戻ろうという、駐車場までの道すがらアンナは、

「予算ギリギリの旅だから、今夜はレストランでの食事はやめて、マーケットで何か買って帰ろうか」

と、提案した。せっかくレーゲンスブルクへ来たのだから、何処かへ入ろうと直樹が返した。

「でも、明日もあるし……」

「せっかくの旅じゃないか。今夜は僕が持つから。あっ、そこのピザ屋に入ろう」

少し行った角の右側に、カジュアルなイタリアン・レストランがあった。季節的に店の外にまでテーブルが出ていて、その客全員がピザを食べていたのだ。

迷うことなく直樹はアンナの手を取って店に入った。店内はかなり広く、元気で感じのいいウェイトレスに案内され、四人掛けのテーブル席に座った。外もそうだが、店内のほとんどの客もピザを食べている。

店はバイエルン風ではなく、コンクリートの打ちっぱなしで、シンプルでモダンな雰囲気だ。ちょうど店の奥がオープンキッチンになっていて石窯《いしがま》が見えた。そこで焼いて

いるわけだからこの店の売りは石窯ピザなのだろう。客層も直樹たちぐらいの若い世代しかいない。

他のテーブルに運ばれたピザを見ると一人前がかなり大きい。ソーセージがまだ腹に溜まっていたので、直樹はマルゲリータ一枚をアンナとシェアし、ハウスワインの赤を勢いに任せてボトルでオーダーしてしまった。

「ねえ、運転があるから私は飲めないけど」

「あっ、そっか……しまったな。じゃあ余ったら持って帰ろう」

そう言いながらも、アンナと二人旅ということで高揚しているせいか、直樹は赤ワインのボトルをほぼ一人で飲みきってしまった。でも、酩酊《めいてい》するほどではない。

「ナオキってお酒がこんなに強かったっけ？」

「アンナといるからさ……酒じゃなく、君に酔ってる」

いつものようにドイツ語だと、スラスラ気障《きざ》な台詞が吐ける。充分酔っている証拠だ。

食事を終えて店を出た二人。もう一度ドイツ最古と言われる石の橋まで足を延ばした。

直樹はドナウ川の激しい流れを見つめながら、この日、この時間にシュタイナーネ・ブリュッケから眺めた風景は、今後人生がどう展開しようとも、絶対に忘れないと、密かに心に刻み込んだ。

*y*

あの瞬間、有希恵の心臓は破裂しそうだった。まさか、島村もオクトーバー・フェストに来ていたなんて。一緒にいたのはIT企業の社長とその連れだろう。それにしてもこの偶然は一体何を示唆《しさ》しているのだろうか……。

思いがけずぬかるみにはまった感覚。足取りも重くなり、軽快に思えたユーロビートが騒音に聞こえ始める。島村も島村だ。昨日のメールでは今日ミュンヘンに入るとあったが、直接ここに来たの？　それぐらいのメールも出来ないの？　そう思うと無性に腹が立ってきた。

とにかく今は家族と一緒のところは絶対に見られたくない。すぐ側を素知らぬふりをして通り過ぎる有希恵。背中に強烈な悪寒《おかん》が走る。酔いがいっぺんに醒めたような気分だ。それにしても、島村はいつものようなクールな感じではなく、大声を出しながら無理やり場を盛り上げているように見えた。立場上こうなると分かっていたから、気が進まないと有希恵にぼやいていたのかもしれない。そうならば少し哀れにも思えるが……。

そんなことをボンヤリ考えていると、いきなり一恵が三人でジェットコースターに乗ろうと言い出した。

有希恵は若い頃からジェットコースターが急降下するときの、体が思わず浮遊する瞬間が大好きだった。この非日常的にストンと胸が抜け落ちるような感覚は、島村との情事に似ている。落ちる瞬間内臓が浮き上がり、逆流するかのような何とも言えないスリルは、有希恵にとってはある意味エクスタシーに近い。

スカッとした。さっきまでの重い感じは消え、家族といるにもかかわらず、島村への思慕がフワッと心にもたげてきた。

何ごとにおいても、変わり身の早さは有希恵の得意とするところだったが、さっきから一恵がいぶかしげに自分を観察しているような視線がどうも気になる。

「どうしたの一恵？　お母さんに何か言いたげだけど」

「いやいや、凄いなと思って。その年齢《とし》でジェットコースターを楽しめる人なんてそうはいないよ」

「そうかしら？」

「そうよ。私が子供の頃だって、遊園地で一番はしゃいでいたのはお母さんだったしね」

「あら、そんなことないわよ。でもこうして一恵と一緒にジェットコースターに乗れたのはいい思い出になるわ。しかもミュンヘンでなんて、ねえあなた」

「ああ、でも俺はもういいよ」

「ハハ、お父さん一気に疲れちゃったみたいね。鯖の串焼きでも食べて元気出してよ。さぁ買いに行きましょう」

一恵に引っ張られるように早足で売り場まで行き、三人はその場で鯖の串焼きをほおばった。

串焼きは一人一匹でかなり大きかったが、有希恵はアルコールのせいか、あるいは島村を見かけたせいで多少高揚していたのか、いつもは小食なはずなのに、あっという間に平らげてしまった。その健啖ぶりには一恵も驚いた。

「なんか、お母さんって生命力ありありだよね」

「あら、なんで?」

「う〜ん、よくわからないけど、そんな感じ」

「そんな感じって、どんな感じよ」

「だから、凄いってこと。もし今ここでテロがあったら、生き残るのはお母さんだけかもね」

「何言ってんのよ、そんな不吉なこと言わないでちょうだい」

「だって、ほら見てよ、お父さんなんて、半分も食べないで、なんかずいぶん萎《しお》れちゃったように見えない?」

「ほんとね」

顔を見合わせて笑う母娘。客観的に見れば、何処にでもいそうな普通の家族に見えるが、今日はお互いに少しでも無聊《ぶりょう》な態度を見せまいと、無意識に幸せな家族を演じている不自然さがある。

ふと有希恵は直樹の横顔を見た。自分の夫でありながら、最近は意識的に見ることがなかった。さりげなく直樹を観察すると、遠くを見るような物憂げな視線……一恵の言ったようにかなり疲れた印象を受ける。一体何を考えているのか……まったく分からない夫。こんな人が、今後の人生の伴侶《はんりょ》と呼べるのだろうか？　自問自答する中、あの頃のことを有希恵は思い出した。

初めて直樹の存在を知ったのは、就職した年の初夏。社長秘書室の仕事に多少慣れてきた頃、F電機期待の若手エンジニアの一人として、直樹が社内報に紹介された記事を偶然読んだ時だった。『今後F電機は半導体という新しい分野を切り拓くためにも、若い研究開発チームに多大なる期待を寄せている』というような社長のコメントもあった。それというのも、F電機は他社にさきがけて、半導体集積回路の微細化《びさいか》特許を取得したばかりだった。そのチームを中心でリードしていたのが直樹だったのだ。当時、世界の市場においても半導体の分野は日本のひとり勝ちであった。

社内報に掲載された直樹の写真。これを見る限り、今まで有希恵が通り過ぎてきた男性のどれにもあてはまらない。女性の扱いに慣れた男性は何人も知っているが、まさに直樹は真逆の印象だ。遊ぶ相手ならそこそこお金があり、外車を持っている男と決めていた。だが、結婚となると話は別だ。もしも家庭を持つならこういう感じの人がいいのかも知れない……でも、性格が難しそうかな？……社内報を読みながら、勝手な未来予想を立てる有希恵だったが、やはり、それはないなと簡単に打ち消した。

その後の出会いも偶然だった。社長主催のゴルフ大会でお供をしたとき、その中のコンペで直樹が開発部室長のお供として付き添っていたのだ。そこで初めて直樹を紹介され、言葉を交わした。自分が思っていたよりも社交的で話しやすく、社内報で受けた気難しそうな印象ではなかった。

そして決め手は社長のお供で出席した経団連関係のパーティー。半導体の特許を取得した開発チームの実質的なリーダーである直樹を、F電機の今後の世界戦略を担う貴重な人材として、関係者に社長自ら紹介している場面を目の当たりにした。それからというもの、有希恵の方から直樹へ積極的にアプローチをし始め、あっという間に結婚というゴールにまでこぎつけてしまった。

社長夫人が元社員で、当時の社長が社内恋愛に寛容だったことも功を奏したようだ。期待の若手エンジニアと社長秘書室の才媛との結婚は、社内でもかなり話題になり、当然のように社長夫妻も祝福してくれた。

勿論そこには有希恵なりの打算があった。直樹なら浮気などはしないだろうし、自分で夫をコントロール出来そうな気もしたからだ。それに加えて、直樹は社長も注目する会社のホープであり、このまま行けば出世も大いに期待できる。この申し分のない選択は、未来を明るく照らすのだと思っていた。結婚するまでは……。


ショッピングの後で一恵と別れた有希恵は、明日以降のことは携帯で連絡を取り合うことにして、直樹と二人、タクシーで自分達のホテルに戻った。どうやら明日は、一恵はバイトがあって付き合えないらしい。

それにしても直樹は帰りの車の中で一言も発しない。疲れているとはいえ、何を買ったかぐらい聞いてくれてもよさそうなのに。昨夕マリエン広場で、財布をひったくられた後、夫としての優しさに触れた気がしたが、帰するところ錯覚だったようだ。

ホテルの部屋で、早々に買ったものをクローゼットに仕舞う有希恵。パソコンを開き、業務報告のメールをチェックした直樹の顔色が途端に変わった。

「何か会社であったんですか?」

「えっ?」

「眉間《みけん》に皺《しわ》をよせて、パソコンをご覧になってるから、何かあったのかと」

「うん、まぁ会社なんてものは、日々色々あるもんだよ」

「それはわかりますけど……あっ、そうそう、さっきの買い物ありがとうございました。うっかりして、あなたにお礼を言ってなかったわ」

「いやいや、いいよ。気に入ったものが買えてよかったな」

そうなのよ、と言った後、日本で買うより安かったとか、日本には入ってこないデザインのハンドバッグの特長とか、有希恵は話し出したが、そのうちハッと気がついた。直樹は聞いていない。ああ、とか、うん、とか空返事の時は、決まって人の話など聞いていないのだ。パソコンの画面を見る目つきでも一目瞭然《りょうぜん》だ。有希恵は話すのを止《や》めた。再び沈黙の世界が二人を包みこんだ。

この人は私をどう思っているのだろう？　会話すらままならないのに、この先一緒にいる意味があるのだろうか？　今回は一恵に帰国を促すために、二人で示し合わせてミュンヘンにまで来たが……二人の関係を考え直す方が先決かもしれない。

カタカタとPCのキーボードを打つ音が無性に気に障る。イライラしながら、ふと携帯を見るとメッセージの通知マークがあった。思った通り島村からのメールだ。はやる気持ちを抑えながら画面の文面を追う。

『今日ミュンヘンに着きました。突然同行の社長が、今こっちで開催しているビール祭りに行こうと言い出し、ホテルに着いてすぐ向かったので連絡が遅れてしまいました。

ビールをかなり飲んで、今はそれぞれ部屋で休んでいるので時間があります。これから会えますか？』

心臓の鼓動が速くなる。それであの時間にオクトーバー・フェストの会場にいたのか……しかし、会いたいがどう考えても今は無理だ。夫と二人だけでいる状況から抜け出すなんて不可能。日本なら直樹が家に居たとしても、何とでも用事を作って抜け出すことは可能だが、ここはミュンヘンなのだ。でも会いたい……色々考えあぐねた結果、今は無理とだけ返信した。すぐにでもレスが来ると思ったが、有希恵の携帯は沈黙を守ったままだった。

有希恵は、携帯を持ったまま何気なくテーブルに置いてあったホテルの施設案内が載ったパンフを手に取った。そこには、スパやサウナが写真入りで紹介されていて、宿泊客は安く利用出来るということが、ドイツ語表記の横に、有希恵にでも容易に理解出来る英語で書いてあった。なんだかむしゃくしゃしているし、サウナにでも行って汗を流そうか……。

直樹に目をやると、会社でかなり面倒なことが起きたのか、報告メールを読んでは腕組みまでしてジッと考え込んでいる。

「やっぱり何かあったんですか？」

「う～ん、実は半導体技術の盗用でアメリカの企業から、うちの会社が訴えられたらしいんだ」

「えっ？」

「関係者にその辺の事情を直接聞きたいが、今こっちはサマータイムとはいえ七時間の時差があるからな。深夜に電話で叩き起こせない」

「あら、大変じゃないですか」

「でもまぁメールの報告によると、まったくの事実無根なので、会社的に問題はないということらしいが、自分がいないときにこういう問題が起きるのはあまりよくないんだ」

「じゃあ、すぐにでも帰国しないといけません？」

「いやいやそこまで深刻じゃないし、今俺が帰ったところで、どうなるものでもないから大丈夫だ」

「それならいいんですけど」

有希恵の返事を聞くより前に、何か思いついたのか直樹はPCに向かってキーボードを打ち始めた。こうなると、直樹は自分の世界だけに入って周りが見えなくなる。そのまま有希恵はホテルのパンフを手に部屋を出た。

スパとサウナは地下にあるようだ……パンフを見ながら歩いていると、部屋を出て数メートル先の右側に奥まったコーナーがあり、そこにサウナ直通のエレベーターがあった。これで、サウナに行けるのかと思った瞬間、いきなり扉が開き中から外国人カップルがバスローブのままで降りて来た。笑顔で挨拶されたが、有希恵は驚いた表情のまま軽く会釈《えしやく》をするのが精一杯。

えっ？　あんな格好でホテル内を歩いていいの？　その後ろ姿を見送りながら、日本旅館の浴衣《ゆかた》みたいなものか……と、かなり雑な納得をした。外国人カップルの堂々とした登場に気圧された有希恵は、エレベーターには乗らず、今来たばかりの廊下を戻って行った。

「あれ、何処か行ってたんだ？」

やはり、私が部屋を出たのも気がつかなかったか……。

「さっきここのパンフレット見てたら、ホテルにサウナやスパがあるらしいんで、どんな感じか探索しようかと思って」

「えっ？　中に入ったのか？」

「いえいえ場所を確認しただけですから、中になんか入りませんよ」

「そうか、有希恵には言ってなかったが、基本ドイツのサウナは男女混浴だからな」

「えっ、裸で？」

「もちろん。バスタオルも隠すためでなく、汗がベンチの木材に染みこまないよう下に敷くんだよ」

「でも、こういうホテルでは、そういうことはないでしょ？」

「いやいや関係ないよ。夫婦連れでサウナに行く人もいるからな」

咄嗟に私達は無理だなと思った。

「水着も付けないで？　全裸？」

「そうだよ、昔からの決まりごとだから、裸で入っても誰も気にしない。変に恥ずかしがる方がマナー違反だよ。ドイツにバーデン・バーデンという有名な温泉地があるけど、そこの施設のサウナも男女混浴だしね」

そうなんだ、男女混浴サウナなんて私としては絶対に考えられない。しかも夫婦でなんて……でも、もし島村とならら……微かに体の火照りを感じる。直樹はそういう経験があるのだろうか？　誰か女性とカップルでサウナに入ったことがあるのだろうか？　そこまで詳しいということは経験があるってことだろうか？　夫婦でありながら、直樹の過去のプライベートな部分はほとんど知らない。

「せっかくだから、ドイツのサウナをお前も体験してみるか？　最初だけ抵抗があるけど、慣れれば人の裸なんて気にならないものさ」

そう言われても海外にすら慣れていないのに、いきなり外国で混浴のサウナなんて絶対に無理だ。

「いえいえ、遠慮しておきます」

「そうか、行くなら付き合ってやっても良かったが」

苦笑いの表情を見れば、それが本気でないとすぐわかる。その辺りの心の動きを読み取れるのは、まだ夫婦としての機能が正常に働いているという証拠か？

「それより一恵の件はどうします？　いつ話しますか？」

一恵に帰国を促す件……今の二人には荷が重い。

「そうだな、それも含めて、明日からどうするかだな。一恵にも予定がありそうだから、自分達である程度決めないと。後で下のラウンジに行って、飲みながら、明日からのプランでも話し合うか？」

「そうですね。メニューに軽食があったら、夕食はそこで済ましてしまいましょう」

少し火照った心と体だったが、一恵の問題で瞬く間に沈静化した。それにしても、未だ島村からの返信メールが来ない……心がざわつき始める。


ロビーのラウンジは、夜八時近くでも混雑していたが、さっき三人でお茶をしたホテルと同じように、真ん中辺りのソファ席が空いていた。早速メニューを確認すると、簡単なパスタとサンドイッチぐらいしかなかったが、それを一つずつオーダーした。直樹はウイスキーソーダで、有希恵は赤のグラスワインを頼んだ。

「昨日もそうだが、二人だけでこういう場所に来るなんて久しぶりだな」

「あなたはずっと仕事が忙しかったから、結婚後は全然でしたね。私も一恵が生まれて育児もあったし」

「なら今回、ドイツに来て良かったじゃないか。こうやって二人で飲むのもいいもんだ」

それって本心？……疑わしいけれど。それより大事なことがある。

「どうします？　一恵のこと」

「それなんだが、こっちに来てあらためて一恵を見てると、このタイミングで帰国の話をするのはどうかと思うんだ。あいつもこっちで、ちゃんと自立してやってるし」

「あら、自立と言ったって、月々の援助はしてますから。完全な自立ではないですけど」

「うん、まぁそれはそうなんだが……ただ、今は性急すぎるかなと思って」

「じゃあ、いつならいいんですか？　こうやって二人でドイツに来るなんて、今後は多分ないでしょうから、二人揃ったところで話をした方がよくないですか？」

「だからその前に一恵の話も聞いてあげないと。今後、あいつがこっちで何をしたいのかとか、先《ま》ずはそれを聞くのが先決だろ？」

「でも私達はあと三日しかいないんですよ。そんな悠長なことでいいんですか？」

直樹は残ったウイスキーソーダを飲み干し、側を通ったボーイに追加を頼んだ。

「だからさぁ、どういう考えかを一恵から聞き出すだけでもいいんじゃないのか？」

語気を強めて放った直樹の言葉を受けて、さらに強く有希恵が、

「じゃあ、あなたは一恵がこっちに滞在することは賛成なんですね？　あの娘《こ》は留学といったって、語学だけで何も専門的には学んでいないし、勿論遊んでいるとは思いませんが、もう二十二なんですよ。それに外国は最近、テロや移民問題もあるじゃないですか。私は一恵の将来もそうだけど、あの娘の身も心配なんです」

「それは、俺だって同じだ。だからと言って、今無理に帰国させるのはどうかと思う」

その時だ、二人の言い争いを諫《いさ》めるかのように、ピーンとかん高いメッセージ通知音が響いた。有希恵は思わずドキッとした。おそらく島村だろう。

「誰からだ？　一恵か？」

「いえ、きっと日本のお友達でしょう」

「日本は夜中の三時過ぎだぞ。そんな宵っ張りな友達がいるのか？」

多少酔ったのか、直樹は執拗にメールの送信元を確かめようとしている。いつもならサラッと流すのに一恵の問題で気持ちがこじれているからか、ずいぶんしつこい。仕方なくチェックすると……案の定、島村だった。

「カルチャーセンターのお友達で秋山《あきやま》さんでした。彼女もこっちに気をつかって、こちらの時間に合わせてメールをくれたみたいですわ。楽しんで下さい、旦那さまにヨロシ

クですって」

瞬時に内容をでっちあげる有希恵。これも立派な才能だ。有希恵の捏造話《ねつぞう》で簡単に納得したのか直樹は、三杯目のウイスキーソーダを頼んだ。有希恵もホッとして、目の前のパスタに手をつけ始める。

「あら、冷めても意外にこのパスタ美味《おい》しいわ。あなたも少しは召し上がらないと」

そう言いながら、テーブルの下で島村のメールをチェックする。視線が下に落ちているのを直樹は見逃さない。

「何だ有希恵！　娘のことより、日本の友達のメールの方が大事なのか？」

多少酔った勢いもあったのだろう、直樹が尚《なお》も執拗につっかかってきた。

「そんな言い方なさらなくてもいいじゃないですか！　私にだって大事なプライベートはあります」

強くそう言い放つと、有希恵は席を立った。直樹は再び取り残された。

私にも大事なプライベートがあるとは、よくも言ったものだ。後ろめたさが起爆剤になり、衝動的に自分の情事とプライベートをすり替えてしまった。声を荒らげて言い合うのは久しぶりかもしれないが、こんなことは日常茶飯事、すれ違いにはお互い慣れっこになっている。

多分、直樹はあのままラウンジに暫くいるだろう。すぐに部屋まで追いかけてくることはない。部屋に戻った有希恵はバスルームの鍵をかけ、シャワーの栓を思いきり捻《ひね》った。雑念を吹き飛ばすかのように勢いよく出る水の音が心地良く響く。有希恵は立ったまま島村のメールをチェックした。

『返信遅れてすいません。今食事を終えて部屋に戻ったところです。社長一行とはホテルが違うのですが、僕としてはこの方が気楽です。やはりお会いするのは難しいでしょうか？　娘さんと一緒なんですよね？』

そうか、島村には夫も一緒だということは教えていない。知っていたら、いくら何でもメールはよこさなかっただろう……。ホテルも別ということは、さっきの高級ホテルではないということか？　あのホテルはマリエン広場から歩いて五分くらいと一恵が言っていたが、どうやら取り越し苦労だったようだ。

『実は急なんですが、社長の連れの方がノイシュヴァンシュタイン城に行きたいと言い出しまして、急遽《きゆうきよ》明日フュッセンに行くことになりました。日帰りでも行けないことはないんですが、向こうで一泊します。今はどちらですか？　電話出来ますか？　声だけでも聞きたいのですが……無理でしょうか？』

『お疲れさま。色々大変ですね。ドイツへ娘に会いに来ましたが、実は主人も一緒です。日本にいる時のように会うのは難しいかと思います』

『えっ？　ご主人と一緒なんですか？　それは大変失礼致しました。てっきりお一人かと勘違いしておりました。このようなメールをしていて大丈夫でしょうか？』

『今は一人なので大丈夫』

まさかシャワーを出しっぱなしでメールをしているとは、島村も夢にも思わないだろう。

『明日フュッセンと聞きましたが、日帰りでも行ける場所なんですか？』

『ミュンヘン中央駅から列車で約二時間だそうです。もっとも僕らは車で行くのですが。単なる城見学に一泊は無駄ですよね』

『それはどんなお城なの？』

『僕も詳しくないんですが、何でもディズニーランドにあるシンデレラ城のモデルになったとか』

それって雑誌で見たことがある。あれか、と有希恵は思った。それにしてもドイツ語って、舌を噛みそうな名称が多すぎる。

『お気をつけて。私はあと三日はミュンヘンにいます』

『そうですか。僕らはこの後、ミュンヘンに戻ってからパリ経由で帰国します。お会い出来なくて残念ですが、有希恵さんとはまた日本で』

なんだ、もうミュンヘンでの密会を諦めるのか、有希恵はホッとしたと同時に少しムッとした。ならば、今すぐにでもここを抜け出して島村のホテルへ……いやいや、それはあり得ない。

最後のメールには返信しなかった。携帯を持ったまま、所在なげにしていると、部屋のドアが開く音がした。直樹が戻って来たようだ。現実に引き戻されながら有希恵はバスタブに栓をして、あらためてお湯を溜め始めた。

*N*

少し酔っていたからといって、ああいう言い方はなかったなと直樹なりに反省した。有希恵が放った一恵はドイツで語学しか習得していないという言葉に、過剰に反応してしまったのだ。自分もドイツで学んだことは語学だけだ。もっとも、直樹はその後日本の大学に戻り、理工学部の修士課程を修了している。

若い頃からビールはいくら飲んでも変わらないのに、ワインやウイスキーの類《たぐ》いを飲むと気が大きくなったり、不思議な夢を見たりする。あの時もそうだった。

夢の中で直樹は教会にいた。何処の？　レーゲンスブルク？　結婚式か？　誰の？

あっ！　自分のだ。祭壇で待つ新婦はアンナ？　よく見えない。花嫁は祭壇に体を向けている。走り寄って行こうとするがプールの中を進むように体が重い。声も出せない。

花嫁がゆっくり振り返る……。

「ナオキ着いたよ。よく寝てたね」

「……あれっ？……」

「ワインを一気に飲みすぎよ」

「誰だったんだ？」

「何？　誰って？」

「夢さ。花嫁が教会で背中を向けていて、ゆっくり振り向いたとき、起こされた」

「あぁそういうことか。でも、誰って分からなくてよかったんじゃない？」

「何で？」

「もし知ってる人間なら、気まずいじゃない」

「そっかなぁ……」

あれはアンナだと、直樹は確信しているのだが……。

おぼつかない足取りで車を降りた。アンナはごく自然に腕を組んで来たが、ホテルのエントランスに入る前に、その腕を離した。

三階のそれぞれの部屋の前で、お互いぎこちないハグをしながら、

「明日ね」

「ああ」

「明日のことは、起きてから決めましょう」

「うん、わかった」

「トロイム・ヴァス・ショェーネス」

そう言いながら、あっさりアンナは自分の部屋に入りドアを閉めた。トロイム・ヴァス・ショェーネスは良い夢を見てという意味だが、このままじゃ良い夢なんか見られそうにない。まだワインの酔いが心を浮遊させている。ひとり廊下に置き去りにされた直樹。あの橋の上のキスは何だったんだ？　その続きを期待しているのか？　いずれにせよ、酔って思考の鈍っている頭では何も考えられない。直樹はフラフラしながら自分の部屋に入り、そのままベッドに倒れ込み、瞬時に意識をなくした。

それはまるで、さっき車の中で見た夢の続きのようだった。ただ今度は直樹が教会の神父になっている。祭壇を背に立つ直樹の目の前にいるのは、姉の由美子とその夫でパン職人のペーターだ。えっ、二人はもう結婚していてミュンヘンで暮らしているじゃないか？　姉さんここで何してるの？　何でそんな格好してるの？　いくら質問してもニコニコ笑うだけの由美子。あの口うるさい姉の面影はない。

急にオルガンの音が鳴り響き式が始まる。気がつくと直樹の手元に肝心の聖書がない。

焦って周りを探すが何処にもない。その時、由美子とペーターが驚いた表情で直樹の後ろを指差した。ハッと振りかえると、祭壇の前の細長いテーブルから、大きな水晶玉が今にも転がり落ちそうになっている。

教会に水晶玉？　直樹は思わず駆け寄り受け止めようとしたが、間に合わず床に落ちドンドンという大きな音を立てて転がった。いや転がるというより、水晶玉なのにバスケットボールのように床で弾んでいる。次第にその音が、ゆっくりと現実の音と交錯してゆく。誰かが部屋のドアをドンドンと叩いているのか？　誰？　寝ぼけ眼《まなこ》のまま起き上がり、無警戒にドアを開けた。

直樹めがけて抱きついてきたのはアンナだった。直樹は彼女の体を全力で受け止めながら、そのまま熱いキスを交わした。これは夢じゃない。

二人はその夜初めて結ばれた。

あの頃は酒に酔った分、恋にも自由に酔えた。実らぬ恋ではあったが、直樹なりにあの時代を真剣に生きた証しでもあった。

しかし、遠く過ぎ去った恋をこの街で思い返すごとに、心の奥がキリで刺されるような痛みに襲われる。もう二度とあの頃へは戻れないという過去への哀惜か？　それとも有希恵との夫婦生活に限界を感じている現実への諦観《ていかん》か？　いずれにしても、今の直樹に明確な答えを出すことは出来ない。

珍しく口火を切ったのは、シャワーを浴びて出て来た有希恵だった。

「さっきはごめんなさい。いきなり席を立ってしまって。あなたも会社のことで大変なのに、つい我慢出来なくて」

「いやいいんだ。俺もちょっと言いすぎた」

今回のような言葉による争いの場合、普段なら二人は大体一週間から十日はほとんど口を利かない。その間は暮らしに必要な最低限の会話しかないが、結局のところ、流れ過ぎる時間に任せ、なし崩し的にことを収めてしまう。直樹も仕事に追われるうち、何で言い争ったのかその原因が希薄になってしまう。そうして二人とも、いつもの日常を取りもどしてしまうのだ。お互い反省がない分、同じことを繰り返し、それがお互いへの不信となり、心に鬱積《うっせき》してゆく。

本来なら、意見がぶつかった時ほど会話を重ね、お互いの理解を深めるというのが正しい夫婦のあり方なのだろうが……。ただ、それを実践している夫婦はそうはいない。

「一恵のことは、ちゃんと一両日中に話をするが、さっきも言ったように、一恵の考えもある程度尊重してあげたいと思う……そこは納得してくれないか？」

「わかりました。一恵の件はあなたにお任せします。私の言うことより、あなたが言った方が、あの娘は聞く耳を持ちますからね」

「まぁ、二人で雁首《がんくび》揃えてミュンヘンまで来たんだから、それなりの結論が出るよう、一恵と話をしてみる。とにかく今あいつが何を考えているかを知りたい」

「お願いします」

「それより、明日はどうする？　せっかくだから、何処か行きたい所はあるのか？」

「あなたはないんですか？」

「そうだなぁ～、せっかく駅の側のホテルだし、列車で日帰り出来る街にでも行くか？」

「列車で日帰り？　そんな街をご存知なの？」

「一応一年間はミュンヘンに住んでいたから、少しは知ってるよ」

「例えば？」

「う～む、そうだなぁ、気軽に列車で行ける街なら、ニュルンベルクとか、バンベルク、あとオーストリアのザルツブルクへも、列車で二時間程度で行けるな」

「あなたはないの？　その頃に行って久しぶりに行きたい街とか……」

「ないことはないが……」

　脳裏にレーゲンスブルクの街並とドナウ川の風景がよぎったが、あえて口には出さなかった。会話が止まる中、有希恵が何やら言いたげだ。意を決するように唇を軽く噛んでいる。

「じゃあ、明日は思い切って別行動にしましょうか？　私は私で行きたいところを探しますから、あなたもご自由になさって下さい。一恵には連絡して、わざわざ私達の相手をしないでもいいって言いましょうよ」

「おいおい、ちょっと待て、別行動って、お前はこっちは初めてなんだからそれは無理だろ？」

「何も知らないからこそ、面白いんじゃないですか。昨日広場で犯人が捨てたのを拾ったからちょっと汚れたけど、今からガイドブックを読んで研究します」

「研究って、今からそれは無茶だ。別行動は止めた方がいい。あんな目にあったばかりじゃないか」

「あれで懲りましたし、私なりに学習しましたから大丈夫です。それに、こっちに来てから、あなたはずっと何かを考えてるようだし、ここはお互いのために別々で、過ごした方がいいんじゃないかしら……。せっかく忙しい仕事を休んで、ミュンヘンにまで来たんですから、あなたはあなたで行きたい所を探して下さい」

何でこんなに別行動に積極的なんだ？　有希恵ってこういう性格だったのか？

「お前が言いたいことはわかるが……でも、しかし」

「それより、さっき食べそこねちゃったからルームサービスで何か取りませんか？」

「う、うん、そうだな、そうするか」

「赤ワインもお願いします」

直樹の動揺が有希恵にも伝わったのか、私は大丈夫だとばかりに明るく振る舞う有希恵。その心の裏側を直樹は知る由もない。

ルームサービスでとったワインを片手にサンドイッチをつまみ、観光ガイドブックに目を通しては、ドイツの街や文化について質問をする有希恵。それに分かり易く丁寧に答える直樹。一見、何処にでもいそうな普通の夫婦の会話に見えるが、その実それぞれ心の底で蠢《うごめ》く思いは、けして普通ではない。

過去への郷愁《きょうしゅう》から逃れられない直樹には、日常の不満や心の寂しさから、夫以外の温もりを求めようとする有希恵の内を推し量ることは出来ない。かのサン＝テグジュペリは、愛とは同じ方向を見つめることと言ったが、今の二人にそれはあてはまらない。それぞれに秘める心の中は、お互いが決して踏み入ってはいけない禁足地《きんそくち》でもあるのだ。

「郊外に行く列車のチケットって、Sバーン（近郊電車）の時のように券売機で買えます？」

「ああ、もちろん買えるけど、郊外に出るヤツの操作はちょっと面倒かもしれない。そういうときは駅の窓口で、メモ用紙に行き先を書いて出せば大抵は買える。あっ、その時に往復切符と単語を書いておけば尚いいよ。ドイツ語ではファールカルテ・ヒン・ウント・ツリュック。もし書くのが面倒なら、口頭でラウンド・トリップ・チケットと英語で言っても大丈夫」

「そうですか……そこの中央駅は、たくさんホームがあるから迷いますよね」

「でも、駅にいくつかある掲示板に番線が表記されるから、何処から出るかはそこで確認出来るよ。ただ、突然番線が変わることがあるから、気をつけないとな」

「そうなんですね」

「そう、そういう所は意外にアバウトだからな。あと、ミュンヘンは起点の駅だから、ほぼ時間通りに出るけど、途中の駅で乗る時は、列車が遅れるなんてことは、こっちでは当たり前だからね。そこも気をつけないと。いかに日本の鉄道ダイヤが優れているか、ドイツに留学して初めて知ったよ」

「ドイツ人は勤勉で、実直って聞きましたが」

「それとこれとは違うんだろうな。なんだ、何処か列車で行きたい街でも決まったのか？　決まったのなら一緒に行ってやるが」

「いえいえ、まだ考え中ですから、あなたはあなたで決めて下さい」

「ああ」

「ワインまだありますよ。あまり進まないみたいですけど」

「昼間もビールを飲んだし、さっきもウイスキーを飲んだので、今夜はもうやめておくよ」

「そうですか……」

「なんだ、どうした？　浮かない顔して」

「私もワイン一本は無理ですから、残すのはもったいないなぁって思って」

「別に赤ワインなんだから、コルクで栓をして置いておけば？」

「そうですけど……でも」

「わかった、今夜は付き合うよ。俺にも注いでくれ」

結局ワインは空けたが、ほとんど直樹が飲み、杯を重ねるごとに時差ボケも手伝ってか意識が朦朧《もうろう》としてくるのが自分でもわかった。

今日は昼間にビール、ラウンジでウイスキーソーダ、部屋でワインと、最近にしてはよく飲んだ一日だった。若い時ならどうってことのない量でも、流石《さすが》にこの歳になるとキツイ。酔いの回りも早い。しかも、会社の訴訟問題もあり、それを忘れたいという意識があるのか、飲むピッチがいつもより知らず知らずに上がっていたようだ。

間もなく直樹は次第に睡魔に襲われ始める。とうとうグラスを持ったまま、うたた寝するようになり、有希恵に手を引かれて、そのままベッドで眠ってしまった。

　目覚めた時は既に昼近かった。ミュンヘンに来て初めて熟睡したようだが、頭がまだフラフラする。赤ワインがまだ残っているのか、喉も渇いている。水を飲もうと立ち上がり、冷蔵庫までゆくと、その前のテーブルにメモが置いてあった。有希恵からだ。

『おはようございます。よくお休みになられていたようなので、起こさずにそのまま出かけます。夕方過ぎには戻ります。一恵にも連絡しておいて下さい。何かありましたら、お互い携帯で連絡を取り合いましょう。良い一日を。Ｙｕｋｉｅ』

　まさか本気で別行動するとは……そのメモを読んで暫くそのまま直樹は動けなかった。あいつは一人で大丈夫なのか？　驚きが徐々に不安へと変わってゆくが、今から追いかけても無駄だろう。一体何処へ行ったというんだ？　せめて行き先でも書き残しておいてくれればいいものを。携帯にも電話してみたが、圏外らしく繋がらない。大きくため息をつく直樹。さぁどうする。

　先ずは会社に電話し、関係者に訴訟の概要をあらためて聞いてみた。メールにもあったように、それほど大事にはならないようだった。帰るまで頼むとそれぞれに指示すると、社長からの伝言もあった。安心して家族旅行を楽しむようにとのことだった。

　会社との電話を切ったと同時にタイミングよく、直樹の携帯がコールされた。有希恵かと思いきや、娘の一恵だった。

「お父さんおはよう！　よく眠れた？　大丈夫？」

「ああ、今日はよく寝たよ」

「お母さんは？」

「それが……」

昨夜、一恵のことで揉めたことは伏せたが、二人で話し合って今日はお互い別行動にすることにしたと一恵に告げた。

「えっ？ 別行動ってお母さん一人で？ よく行かせたわね。この間みたいなことになったら大変じゃないの？ 何？ お父さんのんきに見送ったの？」

「いやいや、昨日ワインを飲み過ぎてさ。起きたら、もうお母さんはいなかった。メモがテーブルにあって、それには夕方過ぎには戻るとあるから……大丈夫だとは思うが」

「ははぁ、お母さん、お父さんを酔い潰したな」

「まさか……」

そういえば途中から有希恵がワインを執拗に勧めたのを思い出した。

「お母さんもやるなぁ。絶対確信犯だよ。で、お母さんは何処行ったの？」

「いや知らない」

「知らないって本当に大丈夫なの？ いやお母さんじゃなくて、お父さん達二人」

昨夜はやたらバイエルンの街のことや、列車の切符の買い方とか質問してたな。一恵が言うように、有希恵は行き先を知られたくないから散々飲ませて、俺が酔い潰れて寝ている間に出かけたのか？　そこまで用意周到に有希恵がやるとは思えないのだが……。

「で、お父さんはどうすんの？」

「どうするって、まだ決めていないよ。お前は今日は仕事だろ？」

「ホントは今日都合悪かったんだけど、ガイドのバイトを代わってくれる人がいたから、今日も私はフリーなんだ。せっかく両親がここまで来たんだし。と思ったら片割れは逃走中か……」

「逃走中って、そんな言い方するんじゃない。お母さんも一人になりたかったのかもしれない」

「それは、お父さんもでしょ？」

図星だった。もしかしたら、自分よりも、娘の一恵の方が、有希恵や自分のことをよく理解しているのかもしれない。

「ねぇ、私友達に両親とドライブするからって、車借りちゃったんだけどさぁ、お父さんどっか行かない？　まさか、夕方過ぎまで逃亡犯をそこで待ってるわけじゃないよね？」

確かにここにいても仕方ない。一恵と二人ならちょうどいいかもしれない。今後のことも含め、今回有希恵と二人でミュンヘンに来た本当の目的を一恵に話してしまおう。

そのとき直樹の脳裏に浮かんだのは、アンナと行ったあの懐かしい街……レーゲンスブルクだった。

*y*

# Day 4

広がるバイエルンの田園風景。遠くに見えるのは教会だろうか、それだけでも日本の車窓とは趣《おもむ》きが違う。風景の中に看板などがないだけで、空が広々と見えるから不思議だ。

一人でミュンヘンを後にした有希恵は、この旅がどうなるのか、まったく見当がつかず不安を覚えていた。駅の窓口で手渡された、細長いコンサートのチケットのような往復切符を見つめて、ため息をつく。

まさか自分がこんな大胆な行動を取るなんて……目に飛び込んでくる田園が、後ろへ後ろへと、足早に遠ざかっていくように見える。そんな錯覚に身を委ねながら、昨夜のことを振り返った。

思わず〝明日は別行動〟と直樹に言ったものの、必ずしもそれは本意ではなかった。

島村の行くフュッセンはどの辺だろうという興味はあったが、そこに行くというプランなどまったく頭になかった。

きっかけは、何気なく直樹が『列車で日帰り出来る街にでも行くか?』と有希恵を誘ったことだった。

フュッセンも日帰り出来ると島村は言っていた……もし行くなら単独で行くしかない。そう思いついた有希恵が思わず口走ったのが〝別行動〟だった。

人の言葉には不思議な力があるという。自分で口にした言葉に引き寄せられるかのように、有希恵は心を動かしていった。

フュッセンに行くには、どうすればいいのか。有希恵はルームサービスで赤ワインを頼むよう提案すると、ガイドブックを片手に、バイエルンの近郊都市の情報などを直樹に聞きつつ、酔った勢いで饒舌になった彼のグラスに何度もワインを注いだ。

ここ数日の疲れも相まって、次第に酩酊状態になった直樹は、ある程度の情報を教えてくれた時点で、有希恵の意を汲《く》んだかのようにその場で酔い潰れた。

ベッドまで手を引いて寝かしつけた直樹の寝顔を見ながら、有希恵は後ろめたさを感じ始めたのだが……あえてそれは無視した。まずは自分のしたいことに忠実でありたい。

有希恵は、スマホでフュッセン行きの列車の時刻を調べた。確かに日帰り出来るだけの本数はある。直樹から得た情報だけでは心もとないので、フュッセンの日本語観光サイトや、何年か前の旅行者のブログを読んでは、それを参考にした。

おそらく直樹は、あの状態では昼頃まで起きないだろうから、午前中のうちに列車に乗ればいい。それには直樹に教えられたように、朝、早めにホテルを出て駅の窓口で往復切符を買えばいいのだ。要はその日の内にホテルに戻って来さえすれば何の問題もない。有希恵はそう自分に言い聞かせ、はやる気持ちを押し殺して、粛々《しゅくしゅく》と旅の予定を立て始めた。列車は八時五十三分発のRE(快速列車)で、途中カウフボイレンという駅で乗り換えがあるが、十時五十五分にはフュッセンに着くらしい。約二時間の旅になる。

ここまで計画を練りながら、島村へのメールはあえてしなかった。列車に乗ってから連絡すればいい。突然自分の意向を伝えた時、彼がどう反応するかも確かめたい。もし、時間の折り合いがつかないのなら、そのまま帰ってくればいいだけのこと。島村に会えるかどうかは一種の賭けでかまわない。会うスリルも会えないスリルも、もはや有希恵には同じことなのだ。それより、この逢瀬は絶対に直樹に知られてはいけない。幸いこういったことに鈍いのが救いだ。直樹もまさか自分の妻が旅先の、しかも不慣れなドイツで、わざわざ男に会うために別行動を望んだとは思わないだろう。

妻や母親としてよりも、女としての自分を守ろうとしている。その裏切りともとれる大胆な行動は、ドイツ語が堪能な夫と娘への当てつけなのだろうか? そう思いを巡らせるたび、有希恵は軽い目眩《めまい》を覚え始める。

気分を変えようと、もう一度シャワーを浴び、まんじりともせず夜明けを待った。

もしあのままベッドに入ったら……起きることは出来ず、この列車には乗っていなかっただろう。もちろん、自分のこの決断に後悔はしていないが、不安と期待の波が交互に有希恵の理性を呑み込んでは、孤独な時間をさらに不安定な心模様へと引きずり込んでゆく。

延々と続くバイエルンの変わり映《ば》えしない田園風景……島村へのメールは書きかけのまま、有希恵は知らぬ間に深い眠りに落ちていった。

*N*

直樹は、一恵が友達に借りたという車を返却させた。到着した日のような渋滞や、有希恵から連絡があって迎えに行かねばならなくなるなど不測の事態に備えて、ホテルで借りるからと一恵を説得したのだった。

海外に出る時、必ず国際免許を申請する直樹にとっては、ホテルのコンシェルジュに頼んでレンタカーを借りた方が気が楽なのだ。車種のリクエストだけ伝えれば、後の細かい手続きはコンシェルジュが代理でやってくれる。ただし、今日は昨夜のワインがまだ残っているので、運転は一恵に任せた方が無難かもしれない。

相変わらず時間に正確な一恵からもうすぐホテルに着くと連絡が入り、直樹はロビーに降りた。その足でコンシェルジュデスクに向かい、レンタカーのチェックを済ませ、車のキーを受け取った。ほどなくして、満面の笑みで一恵が声をかけて来た。

「お父さん！　おはよう。あれ、まだ顔が赤いよ。相当飲んだみたいね」

「いや、そうでもない」

「そっか、飲まされたんだ」

「バカなこと言うんじゃない。お母さんが俺を酔わせてどうすんだ」

「ははぁ、お父さんはお母さんのこと何にも知らないんだね～。意外にヤツはやる女よ」

「こら！　母親のことをそんな言い方するんじゃない」

「ハハハ、冗談、冗談。それよりお母さん何処に行ったのかなぁ」

「うん、まぁ心配だが、何かあれば連絡があるだろ？」

「そうだといいんだけど……」

一恵の何か言いたげな態度が気になったが、二人でホテルのエントランスの外に出た。ベルボーイにチップを渡しながらレンタカーの所在を聞く。ボーイが指差した車を見て一恵が思わず声を上げた。

「わっ！　お父さん、メルセデス借りたの？」

「ああ、これならアウトバーンも快適だろ？」

「ベンツなんて初めて。ねぇ先に運転していい？」

「いいよ、はなからそのつもりだ」

運転席に一恵、その横に直樹が座った。アンナと行ったレーゲンスブルクへ、娘の運転で行く日が来るとは……。それもあの日と同じように、自分はまた助手席だ。

「アウトバーンだからといってあまり飛ばすなよ」

「わかってるって、任せてよ。でもレーゲンスブルクへは初めてなんだ。お父さんて、行き方は知ってるよね？」

「ああ、まずそこのバイアー通りを真っ直ぐ行って、あっ、市内はお前の方が詳しいか……とにかくアウトバーンのＡ９に出て、途中でＡ93に乗り換えればいい」

「さすが詳しいね。ねぇねぇレーゲンスブルクってお父さん、いつ誰と行ったの？」

「えっ？　こっちにいた頃だ。友達とだ」

「ホントに〜？」

「親をからかうな。もう昔のことだ」

そう、もう遠い昔のことなのだ。アンナとの恋は過ぎ去った思い出にすぎない。いつまでも過去に囚われることは愚かなことだ……と、何処かの国の詩人が言っていたような気がするが、今の自分はその愚かな男に違いない。

「お父さん、先ずはニュルンベルク方面でいいんだよね？」

「そう。とにかくA9に乗ればわかる」

「OK！」

一恵はこっちに来て性格が変わったように物事に積極的だ。日本にいる時はまだ何処か頼りなげで、自分を前に出すということが苦手なようだったが、外国暮らしは、彼女にとってそれを変えるきっかけになったのかも知れない。ますます、帰国を促す話はしづらくなった……。

それにしても、有希恵は何処へ行ったのだろうか。携帯は相変わらず繫がらない。まさか、わざと電源を落としているのか？　それはないと思いたいが……。

速度無制限のアウトバーン。バイエルンのやや強い初秋の陽射しを受けて、後ろに飛び去って行く美しい田園風景に誘《いざな》われるように、直樹もまた夢の中へ沈んでいった。同時に記憶はあの日へと遡る。

不思議な夢の翌朝、直樹は静かに寝息を立てているアンナの寝顔を見つめた。昨夜のことがどこまでが夢だったのだろうと思えるが、隣で寝ているアンナの体温を感じると、それが現実であることに気づく。指で鼻をつつくと、アンナはゆっくりと直樹の首に腕を回してきた。

「今何時？」

目を閉じたままアンナが話しかける。

「おはよう……もう九時を回ってるよ。そろそろ起きようか？」

「うん、今日はどうする？」

「アンナのお薦めプランは？」

「……」

「なんかドイツ的なことを感じられる街とかさ」

直樹がそう言ったと同時にアンナは半身を起こして、

「じゃあさ、今日はニュルンベルクまで行ってみない？」

「いいけど……」

アンナの提案に戸惑いながら答えると、

「じゃあ行こう。旧市街の入口には、中世の城壁や門があって、古き良きドイツを感じるならうってつけかも。レーゲンスブルクよりも街も大きいしね。そうそう、ニュルンベルガーっていう焼きソーセージもあるから、ここのと比べてみれば？」

いきなりスイッチが入ったのか、善は急げとばかりにアンナは起きて、カーテンを思い切り開けた。裸の後ろ姿は朝の光を浴びて、この上なく美しく直樹の目に映った。そのまま後ろから抱きしめたい衝動を抑えて、直樹はゆっくりベッドから起きだした。

ニュルンベルク——南ドイツ・バイエルン州の中ではミュンヘンに次ぐ第二の都市になる。第二次大戦後、この街でナチス・ドイツの指導者たちの責任を追及するための軍事裁判、いわゆるニュルンベルク裁判が行われた。史上初めての戦争犯罪に対する裁判で、ナチの党員幹部合わせて十二名が絞首刑に処された。戦前は国家社会主義ドイツ労働者党、通称ナチ党の全国党大会の開催地でもあった。

ニュルンベルクまでは、アウトバーンA3経由で一時間二十分余りで着いた。二人は中央駅の側にあった駐車場に車を止めて、歩いて旧市街の入口でもあるケーニッヒ門に向かう。門の隣にそびえ立つ、大きな円筒形のフラウエントーア塔もかなり目立つ。

「あれって大昔は見張り塔だったみたい。なんか一見、暗黒中世のジミ・ヘンドリックスって感じよね」

一体どこがジミ・ヘンドリックスなのか、直樹には理解出来なかったが、後でジミヘンがボブ・ディランの「見張り塔からずっと」をカバーしていたことを知って合点がいった。

門をくぐると左奥に、ハンドヴェルカーホーフ（職人広場）がある。ここは中世の職人街が再現されていて、実際の街並より小さいが、大人でも充分に入ることの出来る建物が並んでいる。おとぎの国を連想させる可愛いこの職人街では、マイスター（職人）達が作ったブリキのオモチャや革細工など様々な工芸品を手に入れることができる。

ここにも、名物であるニュルンベルガー・ヴルストと呼ばれる小指のように細い焼きソーセージが食べられるレストランがある。

早速二人はランチも兼ねてそこに入った。さすがにまだビールは頼まずに、コーラとノンアルコールビールをオーダーした。

しばらくアンナから、この街の簡単な歴史などのレクチャーを受けていた時だった。店のドアを荒々しく開けて入って来た五人組がいた。全員黒の革ジャンを着た大柄な若者達だった。店の人間と何やら揉めているようだが、漏れ聞く話からすると、席はないから帰って欲しいと言われているようだった。直樹はその中で、唯一スキンヘッドで目つきの鋭い若者と目が合った。威嚇《いかく》するような視線に思わず目をそらす。結局、あきらめた黒の革ジャン集団は、捨て台詞を吐きながら、踵《きびす》を返して店を出て行った。まだ昼前なので、テーブルは充分に空いてはいたが、どうやら店側が入店を拒否したらしい。

「なんか怖い連中だよな」

「彼ら、ネオナチよ」

「えっ？」

「ネオナチという極右集団。革ジャン脱いだら、Tシャツの背中に鉤十字《かぎじゅうじ》のマークがあるわよ、きっと」

「それって、あのナチスの信奉者の集団ってこと？」

「そう、ヒトラーを知らない世代のね。でも政治的な主張だけではない。いつの世も不満の捌《は》け口として、若者は何か常識では計れないパワーに憧れる」

「そういう俺達だって若者だけど」

「ナオキには、社会改革なんて気持ちはないでしょ？」

「そんなことないよ」

「じゃあ、何をどう改革したいの？」

「そりゃ、具体的にはまだないけど」

「今ないってことは、当分ないってことよ」

「………」

「ただ、外国人排斥とか人種差別とかさ、彼らには現実と理想の境界線が見えないのかも。今さらファシズムなんて荒唐無稽《こうとうむけい》だし、支持されるはずがない。要するに、彼らは私達とは全然違う理想を求めてるんじゃない？」

「………」

「こういうドイツのことはナオキにはわからないかもね」

「ちょっと待て、そういう言い方はないだろ？　日本人だからか？」

「あっ、ごめん。国籍は関係ない……。でも、やっぱりさ、政治に疎《うと》いナオキには、ドイッチュラントが抱える暗部までは理解出来ないと思う。かなりデリケートな難しい問題だし」

確かに自分は政治の話などは苦手だ。語学学校の仲間がその話を始めると、スッとその場から離れるようにしている。でも、そこまでハッキリ言われると癇に障ると同時に、自分がここでは外国人であることを妙に意識してしまう。

とっくに運ばれて来ていた焼きソーセージは、直樹の心のようにすっかり冷め切っていた。口に入れる気も失せるほど気まずい雰囲気の中で、アンナがポツンと言った。

「私、彼らのことは肯定しないけど……否定もしない」

「えっ？　何で？　人種問題も含めて、ナチス式敬礼なんかは、国が禁止しているじゃないか？」

「もちろん、だから肯定はしない」

「でも、否定もしないんだろ？　その理由や根拠は何？」

「もう、この話は止めましょう。ほらソーセージ食べてみてよ。レーゲンスブルクのと、どっちが美味しい？」

言われるまま、惰性《だせい》で口に入れてみたが、もはや味覚どころではない。こんな気持ちで食べ比べは無理だ。目の前にあるソーセージは、ただ冷たくしょっぱいだけの加工肉に成り下がっていた。

気まずい雰囲気のまま店を出た直樹の心に生まれたばかりの疑念が重くのしかかる。

二人は旧市街にある中央広場を目指し、無言で歩きだした。

初夏のまぶしい光とは裏腹に、二人の胸は灰色の雲に覆われていた。


「お父さん！　そろそろ着くよ。何処へ行ったらいいの？」

気がつけば助手席で寝てしまっていた直樹だったが、熟睡したせいか昨日の酒はほぼ抜けたようだ。一恵の安定した運転で、いつの間にかA93に乗り換え、車は既にレーゲンスブルクのエリアに入っていた。

「取りあえずツェントルム（中心）の標識に従って駅を目指してくれ。街が変わっていなければ、後は大体わかるから」

「OK！　この車って最高に運転しやすい。やはり腐っても鯛《たい》ならぬベンツね」

「特にアウトバーンでは、スピードを出せば出すほど、車体が安定するからな」

「うん！　すっかり気に入っちゃった。こっちでは、いつもどっか壊れかけの中古車しか運転してないから、夢みたい！」

「一恵の年齢ではまだ早いけど、いずれ頑張って乗ればいいさ。ベンツはドイツの方が日本より安いし」

「そうね」

一恵のドイツ滞在を容認しているかのような自分の言葉に、直樹は思わず苦笑いした。

街はあの頃と殆ど変わっていなかった。アウトバーンを降り、ツェントルムの標識からバーンホーフ通りに出て、レーゲンスブルク中央駅を目指した。ほどなく駅前に出て、その前の大通りを直進し、二本目のセント・ペータース通りへ左折。二人は道沿いにあった駐車場に車を止めた。

駐車場から、旧市街に向かって歩き出したが、見覚えのある路地を曲がると、三十数年前と殆ど変わっていない街並が目に飛び込んで来た。直樹は感傷にふけるよりも、街の変化のなさに驚いた。以前映画館だった建物は、そのままの姿であったが、現在は映画館としての機能は果たしていないようだ。

当然、当時あった店はないのだろうが、基本的な旧市街の雰囲気はあの頃のままだ。アンナと歩いた石畳の道を、今は娘の一恵と歩いている。直樹はあの頃へタイムスリップしたかのような、不可思議な感覚に陥った。

*K*

ミュンヘン市内ではどこからでも、アウトバーンに乗る事が出来る。市内の大通りを車で行けば、必ずアウトバーンを示す青い標識に出くわす。後はその下に行き先の街名が表示してあるアウトバーンを目指せばいいのだ。

A9は空港に行くアウトバーンでもあるので、一恵にとっては慣れた道だが、A9に繋がるニュルンベルクまでは行ったことがない。運転好きな一恵には、今日は最高のドライブ日和《びより》だ。しかも、直樹がホテルで借りたメルセデスEクラスは、一恵にとっては夢のような車だ。

こんなに車の運転が好きになったのはドイツに来てからだった。日本では殆ど運転したことがなかったので、左ハンドル右側通行も最初から苦ではなかった。ドイツの標識は覚えてしまえば分かり易く日本より親切。何よりこの国は隅々まで道路が整備されていて、車社会としては日本より一歩も二歩も先んじている。

レーゲンスブルクはかなり可愛い街のようだ。ミュンヘンに比べたら小さいが、初めて訪れた一恵はとても気に入った。こうして父親とふたり並んで歩くのも久しぶりで、日本だと照れくさいのに、外国だとそうでもない。何だか自然と気分が高揚してきた。

さっき助手席で熟睡している父親の姿を見た時は、それなりに年齢を重ねたなぁとしみじみ思った。小さい頃は並んで歩けば自慢のお父さんではあったのに……。

それにしても、母の有希恵は何処に行ったのだろう……。何度か一恵も連絡を取ろうとしたが、有希恵の携帯は電源が切れたままだ。直樹は何かあったら連絡があるはずだと軽く言っているが、自分が友達から借りた車をキャンセルしてまで、わざわざホテルでレンタカーを借りたのは、行方を気にしているからだろう。もし、有希恵から連絡があれば、近くまで迎えにゆく準備は万全なのだ。この二人……危ういと思いながらも、長年寄り添った絆はまだあるんだなぁと、あらためて思った。

女性の恋人と暮らしていることは、二人にはまだ話せていないが、一恵は直樹達のような普通の夫婦生活を送れなくても、ルームメイトのジェシカとの未来は自分なりに大切にしたいと考えている。それにはまず、親の理解が必要なのだが……。

ふと、見上げると遠くに大聖堂らしき尖塔が見えた。

「お父さん、あれは何?」

「有名な聖ペートルス大聖堂だ。あれを目指してゆけばドナウ川に出る。そこまで行ってみるか?」

「行きたい！　そうしましょう」

一恵は父親の腕に自分の腕を絡めて歩き出す。ここに母親がいれば完璧なのだが……。

「そういえばこの街には有名な石の橋があるよね？」

「ああ、シュタイナーネ・ブリュッケというドイツでは最古の石の橋。旧市街全体が世界遺産にも登録されているんじゃないか？」

「お父さんさすが！　詳しいね」

大聖堂を通り過ぎ、ほどなくしてドナウ川にたどり着いた。シュタイナーネ・ブリュッケはここ何年も修復工事が続いていたらしいが、最近すべての修復が終わったという。

「お父さん、渡ってみようよ」

橋の真ん中辺りまで来て、一恵はその下を流れるドナウ川を見た。川の流れがこの石橋にぶつかり、激しく勢いを増してゆく。悠久の時を刻む川の流れを見ているだけで、人は誰でも詩人になれそうだと一恵は思った。

と、ここで一枚の写真が一恵の頭をよぎった。

「ねえお父さん……。今さらだけど、ひとつ謝ってもいい？」

「えっ？　何をだ？」

「実はね、もう大分前だけど……高校の頃だったかな？　お父さんの机の横にあった鍵のついた収納ワゴン、お父さんの書斎に本を借りに行った時、一番上の引き出しに鍵が差しっ放しだったの。でね、鍵をかけて机の上に置いておこうと思ったんだけど、つい好奇心で引き出しの中に入れてあった茶色の箱を開けて、その中にあった若い頃のお父さんと、外国人の綺麗な女の人が写っていた写真を見ちゃったの」

暫く沈黙が続いたが、

「あれを見たのか……」

一瞬、大きく息をしてから直樹は話しだした。

「一恵が思っている通り、お父さんの恋人だった人だよ。縁あって知りあったけど……結ばれる恋ではなかったたな」

「この場所で撮った写真でしょ？」

「わかるか？」

「うん、だって石の橋の感じが、あの時見た写真と同じだもん」

「そうだよ……ここで、通りすがりの人に撮ってもらったんだ」

そうか、父親はこの街に友達と来たと言っていたが、やっぱり恋人と来ていたんだ。でも何故別れたのだろう？　一恵は、聞いてみたいと思ったが、その言葉は発せず呑み込んだ。

「もし、お父さんがその人と結ばれていたら、私……ここにいないのよね」

「ハハハ、それはそうだが、別の人生を選ばないで正解だったよ。お前が生まれたってことが俺の人生の中で最大の喜びだからな。これで良かったのさ」

なんだか鼻がツンとなった。込み上げて来そうな涙を何とかこらえて、

「何よそれ、反則だよ。そんなの……」

といいつつ、やはり涙が溢れてきた。こんな父親の元に生まれた私は幸せだ。だからこそ、母親とはうまくやって欲しいが、現在行方不明の有希恵を思い出した途端、無性に腹が立ってきた。

「お母さん……何処に行ったんだろうなぁ」

遠くを見るように直樹がつぶやいた。

「何か見当つかないの？　昨日の話の中で、どっか行きたいようなこと、お母さん言ってなかった？」

「ああ、最初は日帰りで近郊の街へでもと思っていたから、ワインを飲みながら、知ってる街のことを色々話してはみたが……その後酔い潰れてしまったからな、あまり覚えていないんだ」

「そっかぁ……でも近郊は近郊でも、レーゲンスブルクのことは、お母さんには話してないんだよね」

「えっ？　何でわかるんだ？」

「そんなの、今のお父さんの表情を見ればわかる。お父さんが薦めた近郊の街の中で、お母さんが興味を持った街があったんじゃない？　それを聞き出したから、お母さんはお父さんを酔い潰して寝かしつけた……とか」

「まさか……」

「お父さん！　しっかりして、女って意外にそういう所はドライだからね。特にお母さんって、そういう悪賢《わるがしこ》さはたいしたものよ」

「おいおい、お母さんに向かってそれはないだろうが……」

「お父さんって甘いなぁ。そこがいいのかな？」

「だから、親をからかうなって。お前こそ、こっちに来て大分積極的になったじゃないか」

「そうそう！　外国暮らしは、か弱い女の子も、タフにさせるのよ」

顔を見合わせて笑い合う二人。

「でも、写真のこと話せて良かった。ずっと気になってたから……」

「そうかぁ、まぁ隠していたわけじゃないんだが……」

「別にいいじゃない、このまま心の中にしまっておけば。あっ、お母さんには内緒にしてあげるから、口止め料頂戴！」

「おい！」

時間は絶え間なく過ぎてゆく、この橋の下を流れるドナウ川のように……。

## y

乗り換え駅のカウフボイレンで、有希恵は列車を降りた。乗客のほとんどがフュッセン行きなので、その人波について降りればいい。車中で島村に出したメールのレスがないか、その時だけ携帯の電源を入れて確かめてみる。

電源を入れたとほぼ同時に、メール着信を知らせる通知音が鳴った。一通のメッセージが届いていた。島村からだ。

『おはようございます！　こちらへ来て頂けるということで、大変嬉しいです。今日は全員でノイシュヴァンシュタイン城に行く予定でしたが、僕だけフュッセンに残るようにします。では後ほど』

私のために予定を変更したのは、気持ち的には嬉しいが、ちょっと重い。どうせなら、会えないとレスがあった方が気が楽だったかもしれない。気になるのは直樹と一恵だ。こちらから何らかの連絡を入れておいた方がいいのだろうが……言い訳が思いつかない。有希恵は再び電源を落とした。

当の自分でさえ、こんなドイツの片田舎の駅で一人で乗り継ぎのローカル線を待っているなんて、昨日までは思いもしなかった。よく、人生は思いがけない出来事の繰り返しだというけど、まさにドイツに来てからは、そんな出来事の連続だ。ドイツ語が堪能な直樹と一恵に対する引け目からか、無性に自分のスタンスにこだわりはじめた。それが今日の一人旅につながり、ここに立っている。

私……一体何してるんだろう。自分でも愚かな行為であることは重々分かっているのだが……。有希恵自身、母親として娘への愛情はそれなりにあるつもりだ。が、娘の意志というものをまだ尊重できていないのかもしれない。夫への愛情となると、さらに複雑だ……。愛はあるのか？　昨夜、直樹の寝顔をまじまじと見ながら自問自答したが、明快な答えは出なかった。愛が見えない……その答えにたどり着くのが怖かったからだろう。

定刻よりも少し遅れて、フュッセン行きのＢＲＢ（バイエルン地域鉄道）が入線して来た。ローカル線なのでもっと古びた列車を想像していたが、意外に見た目は綺麗な列車だ。ブルーのラインで上下を囲まれた白い車体。列車には疎い有希恵にも、どことなく昔の懐かしい新幹線を思い起こさせた。ＢＲＢには指定席はなく、何処でも自由に座れる。

有希恵はファーストクラスのチケットを片手に、観光客で混雑する車両を抜けて1と書かれた車両に移動した。そこには有希恵の他に、二人しか乗客はいなかった。

列車が動き出してから、早速スマホの電源を入れる。今日の予定の確認か、一恵からの着信履歴が残っていた。キリッと胸が痛み、思わず電源を落とした。有希恵はしばらくして、意を決して再びスマホを起動させた。島村へは、

『今乗り換え駅から、フュッセン行きの列車に乗ったところです。あと一時間で到着します。何処に行けばいいですか？』

すぐに島村からの返信があった。

『了解しました。首を長くして待ってます』

何処に行けばいいのか聞いているのに、これじゃあ着いたらホームで待つしかないではないか。そんな島村にイラつき始める。直樹や一恵から連絡が来ないうちに、有希恵は再び電源を落とした。

遠くにアルプスの山々が見えるものの、そろそろ見飽きてきた変わり映えのしない田園風景を抜け、カウフボイレンから一時間ほどで、終点のフュッセンに到着した。列車を降りた時、天気はいいが風が撫でるように首筋を吹き過ぎて、心なしか冷やっとした。九月下旬とはいえ秋の深まりを感じる。

観光客の流れに身を任せて歩くと、どうやら前方が駅の出入り口らしい。そのホームの先端で、島村が満面の笑みで思い切り手を振っている。

駅のホームで待つなら待つとメールに書けばいいのに、本人はサプライズのつもりな

のだろうか？　私はそういうのが苦手……いや、むしろ嫌いだ。

島村の服装は日本にいる時とほぼ同じような、アディダスの白いポロシャツに、ネイビーのハーフパンツ。これみよがしに日焼けした足をさらけ出している。

「ようこそ！　フュッセンへ」

不自然なほど白いセラミックの歯を見せながら、笑顔で島村が声をかけてきた。車窓から見えたドイツの素敵な風景と比べ、日本と同じような格好の島村が妙に安っぽく見える。ため息まじりにふーっと息を吐き、

「駅で待つなら、そのようにメールで書けないもの？」

不満げに訴えてみせると、

「いや～驚かせようと思って、この方が一日の始まりがより楽しくなるかなぁと。ダメでした？」

ダメに決まっている……。

「今日はみなさんと一緒でなくて良かったのかしら？」

「ハイ、大丈夫です。こっちで雇った現地ガイドもいるし、僕が行かなくても、えっと何だっけ？　その言いにくい名前のお城は逃げませんよ」

そう言いながら、島村は声を出して笑った。何かが違う。頭で期待していたような劇的な再会とは程遠い……高揚していた気持ちが急速に萎《な》えてゆく。

あれほど逢瀬を望んでいたのに、一人でここまで来たことに満足したからか、それとも後悔の念からなのか、出来るならすぐにでも引き返したい衝動に駆られた。いずれにしても、有希恵の心に不穏な波紋が広がってゆく。

「何だか元気ないように見えるけど、列車の旅で疲れました？」

そうではない……どうして、こんな男に会いたいと思ったのか、不思議に感じているだけだ。そのまま島村の先導でホーム先の右側にある建物に入った。そこがフュッセン駅の構内になるのだが規模はかなり小さい。

入ると構内には、ノイシュヴァンシュタイン城の模型や、ルートヴィッヒ二世の肖像画などがあり、観光地にありがちな雰囲気を思い切り醸し出している。小さいながらも意外に中は綺麗だ。

お土産屋やファストフード店が両側にある通路を真っ直ぐ行くと、ガラスのドアがあり、そこが駅の出入り口になっている。

外に出ると、左右に延びたバーンホーフ通りがあり、道路を挟んだ向こう側には公園があった。通りの両側にいくつものバス停があるが、観光客の流れを見れば、どのバス停からノイシュヴァンシュタイン城に向かうバスが出るのかは一目瞭然だった。

二人はそのままバーンホーフ通りを左に進み、すぐ先のロータリーのある交差点を渡った。見上げた街並の風景の先には、アルプスの山々が間近に覗いている。まさに異国情緒とはこのことだろう。それに引き替え、日本と変わらない島村の姿は消し去りたい現実のように、重たく有希恵の心を支配し始めてゆく。

「今の時期はミュンヘンで、ビール祭りがあるから、ここへはついでに来る観光客も多いみたいですよ」

「あら、ついでに来て悪かったかしら？」

「えっ？　いやいや、有希恵さんのことを言ったわけじゃないですよ。参ったなぁ」

しまったとばかりに頭をかく島村に有希恵が、

「今日は、これから何処を案内してくれるの？」

「では、取りあえず僕の部屋に来ますか？」

取りあえずって？　私はさかりのついた猫ではない。体だけを求めてここまで来たと思っているのか？　確かに東京では、何度も禁断の逢瀬を重ねて来たが、ここはドイツ。しかもフュッセンだ。

「行きませんよ……部屋になんて。それよりこの街を散策してみたいわ」

「散歩ですか？　僕も今朝来たばかりですから、そんなには詳しくはないんですが、歩いて回れるくらい小さな街ですよ。あっ、そこの角を右に曲がれば、ライヒェン通りっていう旧市街の通りです」

島村は不自然なほど饒舌になってゆく。何か食べますか？　何か飲みますか？　歩きながらも有希恵のご機嫌を伺うかのように、しつこく話しかけてくる。有希恵は逆に島村に質問した。

「みなさんが泊まるホテルってどの辺りなの？」

「ええ、ああ、ホテルはですね……。昨日急いで取ったホテルなんで、部屋は狭いんですが、実はもう通り過ぎてしまって、駅からわりとすぐの所にあったんですけど」

えっ？ 通り過ぎた？ 有希恵は愕然《がくぜん》とした。さっき部屋に来ますかと言ったのは自分の泊まるホテルの前だったのか？ もし部屋に私が行くと言ったら……ここです！とばかりに得意気に誘ったのか？ 嫌悪感がさらに有希恵の心を侵食し始めた。

確かに、駅から歩いて来た通りの両脇には、一階にお土産屋を併設しているホテルがいくつも建っていたが……。モヤモヤしたものが胸を突き上げて、足取りが重くなる。

フュッセンの旧市街には趣きのある石畳と色とりどりの建物が建ち並び、まるで中世の童話の世界を彷彿《ほうふつ》させるように可愛い。建物にもフレスコ画などが描かれ、歩いているだけで楽しくなるはずなのだが、有希恵は今この街で、一番似つかわしくない二人がここにいると感じた。

もし、こんな可愛い街を、直樹や一恵と三人で歩けたら……再び心にキリッと痛みを覚えた。

私はフュッセンにまで島村に会いに来て、今さら何を考えているのだろう？ 心の波紋はさらに広がり、やがて後悔という二文字を浮かび上がらせた。

「社長達は、お城周辺で観光して来るそうですから、時間はたっぷりありますよ」

「……」

「どうしました？　少し休みますか？」

「ごめんなさい。私、やっぱり帰ります」

「えっ？」

そう言って、有希恵が今来た道を足早に戻ろうとしたその時、島村はグイと力強く、半ば強引に有希恵の腕を摑んで止めた。

「ちょっと、待って下さいよ。そりゃあないじゃないですか。せっかくドイツで会えたのに。有希恵さんがドイツに行くと言っていたから、したくもないゴルフのお供までして、ここまで来たんじゃないですか」

「だから、ホントにごめんなさい……」

島村は語気を強め、

「もう大人なんだからさ、お嬢様気分の気まぐれは止めたほうがいい。あなただってずっと僕と楽しんできたじゃないですか。今さら旦那に忠誠を尽くそうたって遅い」

島村の顔色が怒気を帯びたように赤く変わっていった。

「痛い。ちょっと放して」

「あっ！」

我に返った島村は、強く摑んだ有希恵の腕をサッと放した。

「ここまで付き合わせてしまって、心から悪いと思ってる。わざわざ時間を作ってくれたことには感謝してるわ。でも、やっぱり私……ダメ」

そういうと、有希恵は小走りで駅に向かって立ち去った。島村は引き留める言葉もなく、呆然《ぼうぜん》とその後ろ姿を見送るだけだった。

運良く、発車寸前の列車にギリギリ乗り込んだ有希恵は、ファーストクラス車両の席に着いた。島村が追いかけて来やしないかビクビクしていたが、それは杞憂《きゆう》だった。さすがにあそこまで言われたら、追いかけるなんてことは出来ないだろう。動悸が激しい。まずは落ち着かなければ……そう自分に言い聞かせて、ずっと切りっぱなしだったスマホの電源を入れた。思ったとおり直樹と一恵からの着信履歴があった。一恵からは何処にいるか所在を聞くiメッセージも届いていたが、島村からは何も来なかった。

島村に申し訳ないと思う気持ちはあるにはある。が、それよりもここまで来てしまった後悔の念の方が先に立っている。当初は、直樹も一恵も知り得ない秘密を持ったことで、言葉が出来ない疎外感から解放されたような気がしていたが、それは単なる気の迷い……幻想にすぎなかった。我ながら自分の身勝手さに呆れつつ、これからどうしようか考えてはみるものの、頭の中は軽いパニック状態になっている。

そんな時、ドイツ語で声をかけられた。通路を挟んだ隣の席から、初老のドイツ人夫婦が有希恵に話しかけてきたのだ。何を言っているのかわからないものの、感じの良さは伝わったので、有希恵も笑顔を返した。

多分、かなり慌てて乗り込んできたから、大丈夫?と言ったのか……単純に間に合って良かったわねと言ったのか、そのどちらかだろう。その後も夫人の方が色々話しかけてきたが、すぐに有希恵がドイツ語を理解出来ないと悟ったのか、会話をあきらめたかのように、ウインクして夫婦同士の会話に戻っていった。

私達夫婦より年齢は大分上だ。外国人夫婦にしては若く見えるのは、二人共背筋がピンと伸びていて姿勢がいいからだろう。素敵な夫婦だ。こんな理想の夫婦ってどんな人生を歩んで来たのだろう。少なくとも、私達とは違う生き方をしてきたに違いない。

今日、フュッセンまで単独行動などしなければ、隣の老夫婦のように、直樹とバイエルンの何処かの街へ日帰り旅行をしていただろうか。それが良かったのか悪かったのかは別の話として、急に淋しい気持ちになってきた。今頃、直樹と一恵は何をしているのだろう。自己嫌悪でフリーズした気持ちを打ち消すかのように、有希恵はスマホの電源を再び切った。

驚いた。昔訪れたシュタイナーネ・ブリュッケ（石の橋）で撮影したアンナとの写真の存在を、一恵は知っていた。しかもそれを高校生の時に見たという。思春期に父親が知らない外国人の女性と写っている写真を見た時は衝撃だっただろう。きっと父親の秘密を垣間見たようで、しばらく悩んだに違いない。そのことがきっかけで、一恵が日本を出るようになったとは思いたくないが……。

今になって過去の恋……捨て去ったはずの思い出に執着している自分が情けなくなってきた。その写真を今回の旅に持ってきたことは、当然ながら一恵には言えない。自分にとってアンナとの恋は何だったのか？　ただ若さゆえの熱病？　いや、そうではない。あのままドイツに残る未来だってあり得たはずだ。遠い記憶がゆるやかに直樹の脳裏によみがえる。

*N*

気まずい雰囲気のまま、アンナと直樹は旧市街のケーニッヒ通りを歩く。ニュルンベルクがいかにもドイツ的といったのは、まさかさっきのネオナチのことではないとは思うが、どうしてもそこが気になる直樹は、このムードを払拭するためにアンナに聞いた。

「そういえばさ、この街のどんな部分がドイツ的なんだ？」

　ふーっとため息をついたアンナは、

「そうね。さっきあの店で話そうかなと思ったんだけど、違う方向に話がいっちゃったから」

「ああ、それはゴメン。なんか勝手に俺がズレたのかもしれない」

「だからさ、簡単に謝らないで。自分がそう思ったのなら、最後まで主張してよ。あっ、またこじれるわね」

「いや、そこは気をつける」

「ほんとはね、さっきのハンドヴェルカーホーフ（職人広場）には観光用の姿とは別の意味があるんだ。いかにもドイツ的なニュルンベルクのね」

　アンナの解説によると、昔からニュルンベルクは職人の街で、ワーグナーの有名な歌劇『ニュルンベルクのマイスタージンガー』などの作品にもなるくらい、マイスターという凄腕の職人達を輩出した街でもあったという。靴職人であれ、金細工師であれ、手間暇をいとわない仕事ぶりは、ひじょうに細やかで丁寧だった。ここで修業した職人ならば、何処の街でも雇ってくれたという。しかもニュルンベルクで印刷された本には、誤字がまったくなかったともいわれていた。今の時代に照らし合わせれば、中世における手工業のシリコンバレーのような存在だったのかもしれない。

「でもね、そんなマイスターの街という勤勉さ実直さが、ひじょうにドイツ的ということで、ナチスに目をつけられ、ナチ党の全国党大会が毎年ここで開催されるようになったみたいよ」

「そうなんだ……職人の技と、政治なんてまったく関係ないのにな。政党の宣伝に、この街のイメージを利用されたのは、ある意味悲劇でもあるね」

「そう、ナチ党とニュルンベルクは少なからず深い関係になってしまい、職人たちの聖地がナチ党の聖地にもなってしまった。だから、戦争末期には連合国側の恰好《かっこう》の標的として徹底的に空爆されてさ、結局、街は瓦礫《がれき》の山になってしまったというわけ」

「それなのに、ここまで復興したのはドイツ人のパワーの凄さだね。さすが職人の街」

「日本だってそうなんじゃない？　空襲で東京も焼け野原になったんでしょ？　それから、長い時間をかけての復興、そして今の繁栄も素晴らしいわ」

「うん、まぁそうだけど……敗戦国同士で褒め合ってもなぁ」

笑い合う二人……少しだけ心がゆるんだ気持ちになってきた。

そのまま二人は旧市街を行きハウプトマルクト（中央広場）まで来た。この広場にはフラウエン教会（聖母教会）と、もう一つ有名なシェーナーブルンネン（美しの泉）と言われる噴水塔がある。それはちょうど聖母教会の向かい側にあって、十九メートルもある四段の塔のトップには、モーゼと預言者の浮き彫りの像、その下には七人の選帝侯、九人の英雄という順に全部で四十人の像がピラミッド状に配置され、その他にも装飾や様々な紋様で飾られている。

派手な噴水塔を囲うかのように鉄柵《てっさく》が設けられているが、そこに金色のリングが付けられており、それを三回廻す間に願い事を言うと、願いが叶うというロマンチックな伝説がある。ただし、願い事の中身を人に話してはいけないらしい。

直樹もアンナもそれぞれ、そのリングを廻した。何の願い事をしたのかは、お互いに秘密にしたままだった。

「このハウプトマルクトで毎年行われるクリスマスマーケットは、かなり有名よ。まぁミュンヘンのマリエン広場でも毎年やってるけど、規模も派手さも、ここのが上ね。ドレスデン、シュトゥットガルトに並ぶ世界三大クリスマスマーケットとも言われているしね」

「そうなんだ。確かにここは、色んな意味でドイツ的な街なのかもしれないな」

「あっ、そうだ！　ミュンヘンのアルテ・ピナコテークで見た自画像で、ほらレッド・ツェッペリンのロバート・プラント似のデューラー。彼が生まれたのもここだった。彼の父親はこの街の金細工の職人で、デューラー自身もここに工房を構えていたみたい」

ネオナチからデューラーに至るまで、あまりの情報量の多さに、直樹の頭は満杯になってきた。個人的には、レーゲンスブルクの方が好みかもしれない。

中央広場から北側に行くと坂道が続き、その登り切った先にカイザーブルク（ニュルンベルク城）がある。二人は十分ぐらいかけて坂を上り、お城まで行ってみた。途中『天国の門』を通った時、アンナが、

「ツェッペリンの『天国への階段』って、ここを歩いて作ったのかな？　けっこうキツイわね」

それは違うと思うが、天国へ行くにも大変だなと二人で笑い合った。さっきまでの険悪なムードが、また少し緩和されたようだった。

カイザーブルクからの旧市街の眺望は、素晴らしかった。勤勉さと実直さのドイツ的象徴として、ナチ党のプロパガンダに利用されたため、先の大戦の空爆で、街のほぼ九割が焼失してしまったというが、現在は中世の旧市街を、当時のまま見事に復活させている。

もし、日本なら……と直樹は思ったが、苦笑いしながら即座に頭の中で打ち消した。中世のままに復興することは、鎌倉時代や室町時代の街を再現することになってしまう。そんなことはあり得ない。

明治維新後、欧米列強に追いつき追い越せという精神から、伝統的なものに一時的に

背を向けたのが日本。それとは逆に、ドイツのニュルンベルクが守ったものは、中世の時代から受けつがれてきた職人魂ともいうべき、伝統的な建築美という文化だ。その意識の高さには到底敵《かな》わない。

旧市街を眺めながら、政治にしろ芸術にしろ、直樹は自分の無知さをあらためて恥じた。自分はアンナのような目的意識を持っていない。その意識の差が、アンナとの心のズレに繋がったのかもしれない。

帰り道、アンナが駐車場までの道すがら、

「どうだった？　ニュルンベルクは？」

「うん、中々興味深い街だったよ。たださぁ、職人の街というイメージと、ナチ党のイメージがどうも結びつかないけどな」

「それだけナチスの戦略は突出していたってことかな？　宣伝相のゲッベルスがプロパガンダも含めて、ナチズムをドイツ国民に浸透させたって言われているけど、よくも悪くもニュルンベルクは利用された悲劇の街よね」

「そういうことになるか……」

「一九三五年のナチ党全国党大会がここで開かれた時、その大会でニュルンベルク法としてユダヤ人の公民権を剝奪する法律の制定が発表された。それがホロコーストに繋がって、連合国の標的になったわけだからね」

「そんな法律、絶対に許せないよな」

「そうよ。みんな狂っていたとしか言いようがない」

「しかしさぁ、こんなに勤勉で実直なドイツ国民が、何でナチスなんかに政権を任せたんだろう？」

「よく言われるのは、ニューヨーク株式市場での大暴落に端を発した、二九年の世界大恐慌。あれがナチ党が大きく躍進するきっかけになったみたいね。当時のドイツの経済状態はとんでもなく酷《ひど》いものだったけど、その後、ナチ党が政治の実権を握ってからは、実際問題、失業者を減らしたし。とにかく宣伝という方法で、国民を洗脳する戦略が功を奏したのよ」

「宣伝という戦略？　洗脳？」

「そう、最初のうちは、とにかくビラをまいて党の存在を知らせ、ヒトラーの演説を聞かせることに奔走したようね。ヒトラーの著書で『わが闘争』ってあるでしょ？　あれって最初のタイトルは『嘘、愚かさ、臆病さとの四年半に及ぶ闘い』だったらしい。それじゃあ、あまりにも長すぎるっていうんで、短くしたみたいだけど。それによって、人を惹きつける要素が高まった気がしない？」

「宣伝ということで考えれば、タイトルは短い方がインパクトあるね」

「それと、悪名高きナチ親衛隊などの制服も、あの有名デザイナーのヒューゴ・ボスにデザインを依頼して、普通に青少年が憧れるカッコいい制服を目指したみたい。ただ、問題なのはユダヤ人をスケープゴートにして国民の意識を一つにしたこと。ある意味、私たちはナチに騙《だま》されたのよ」

えっ？ でも支持はしたんだろ？ と喉まで出かかったが、それは言葉にはしなかった。直樹にとってヒトラーという存在は、狂信的で一貫性のない危険分子という認識しかなかったが、ニュルンベルクに来てからは個人の狂気というより、ファシズムという全体主義の恐ろしさをあらためて実感した。

昼下がり、駐車場までの帰り道で、自然に手を繋ぐ二人。遠くから聖母教会の鐘が聞こえてきた。未来への不安……そんな気持ちをいたわるかのように、二人の心に優しく響いていた。

「お父さん、どうしたの？ 川を見たままボーッとしちゃって、呼んでも上の空だし、昔の恋人のことでも考えてたの？」
「だから、親をからかうなって」
「ねぇ、お母さんに何度連絡しても全然ダメだから、もうミュンヘンに戻らない？」
「そっか、それもそうだな」

「今度はお父さん、運転してよ」

「わかった!」

直樹たちは街のカフェで休むこともなく、ドナウ川を見ただけで、ミュンヘンへ帰るため駐車場へ戻った。一恵も有希恵のことが心配なのだろう。

何処からかチャペルの鐘が聞こえてきた。あの日と同じように……。

*K*

アウトバーンを車で走るのは助手席に座っているだけでもかなり気持ちがいい。制限速度が決められている区間が多くなったとはいえ、日本の高速とでは気分が全然違う。

それにしても、だ……一体お母さんは何処に行ったの? こちらから連絡しても、スマホは繋がらない。現在のドイツで携帯が繋がらない街など考えにくいから、意識的に電源を切っているのか。或《あ》るいは電波の届かない山奥にでも行ったかだが……有希恵の性格上それはない。あえて切っているのだとすれば、それは何故? そうまでして一人になりたかった理由は何?

有希恵は大胆であっても無鉄砲ではない。直樹は「そんな言い方するな」と否定するが、計算高いところは多分にあるから、おそらく言葉の問題も含め、昨夜のうちに用意周到に計画したに違いない。

「やっぱり、繋がらないや。メールの返事も全然来ないし、もういい加減頭に来ちゃった。お父さんさぁ、あんなお母さんとはもう別れちゃいなよ」

「いきなり何言ってるんだ」

「だって、お母さんから連絡が来たら、迎えに行く覚悟でこんな車借りたんでしょ？それも無駄になっちゃったし」

「いやいや、お前と二人でドライブしたかったから借りたんだ」

「ウソ！　だったら、ミュンヘンに戻ろうと言った時、あんなに簡単に同意しないはず」

鈍い父親に一恵は苛立《いらだ》つ。それとも鈍いフリをしているだけ？　直樹も気づきたくないことがあるのかもしれない。

「ねぇ、お父さんは、お母さんのどこに惹かれたの？」

「何で今さら、そんなこと聞くんだ？」

「今だから聞けるのよ。日本にいた頃は、こんなこと絶対聞けなかった。だから教えてよ。あんなお母さんのどこが良かったの？」

「どこがと言われてもな。う～ん全体的に？」

「何、全体的って。変な答え……。要するに愛はなかった」

「そんなことはない。ちゃんと愛し合って、お前が生まれた」

「別にさぁ、愛なんかなくたって、男女がベッドを共にすれば子供は出来るでしょ？」

「そんな言い方するんじゃない。なんだかお前はこっちに来て、ズケズケものを言うようになったな」

「自分を出さないとやっていけないの。日本流の奥ゆかしさは、こっちでは歯がゆさになっちゃうしね」


直樹にだって覚えがあるはずだ。良くも悪くも、こちらの国の人間は我《が》が強い。物事を日本人のように、丸く収めようとはしない。白黒ハッキリさせる性格は、何もドイツ人に限ったことではないが、ある程度強気でいないと、日本人はやっていけないだろう。

「お父さんたちは、一恵も知っているとおり、同じ会社で知りあった恋愛結婚だ。だから、お母さんの特定のどこかに惹かれたというわけじゃない。自然につき合ったたって感じだな」

「ははぁ、お母さんにアタックされて、成り行きでそうなったのかぁ」

「そうじゃないって。もういいだろ？　お父さん達のことは」

「まぁお母さんに見初《みそ》められ、恋の獲物として捕獲されたってことだよね。あんなお母さんに、お父さんが惹かれるわけないし」

苛立ちに同調してくれない直樹に、一恵の口調は辛辣《しんらつ》になる。

「そういうお前はどうなんだ？　こっちでいい人はいないのか？」

「……………」

「何だ、いきなり黙ってしまって、さっきまでの勢いはどこへいったんだ？　さては気になるボーイフレンドでもいるのか？　その彼はドイツ人なのか？　それとも、こっちに住んでる日本人か？」

たたみかけるような直樹の質問の逆襲に、

「……お父さん、次で少し休まない？　ちょっと話したいことがあるの」

「OK。じゃあ、ついでにガソリンも入れよう」

しばらく走ると、五キロ先に大きいサービスエリアがあるという標識があった。ドイツの道路標識は総じて、日本のより分かり易い。直樹は少しスピードを上げた。

思わぬ展開になってしまったが、いずれは話さなくてはいけないことだ。一恵はこのタイミングで、自分がセクシャルマイノリティであることを直樹に打ち明けることに決めた。さっきの話の流れから、直樹は普通の恋愛相談だと思っている。それはある意味、正解であって正解ではない……。好きな相手がボーイフレンドではないだけだ。

一恵にとって、この話は父親よりも、母親との方が話しにくい。そう考えれば、今が絶好のチャンスなのかもしれない。

それにしても、直樹にどう話したらいいのか、考えがまとまらないうちに、サービスエリアに着いてしまった。

ガソリンを入れる場合、ドイツでは殆どがセルフなので、直樹は空いているスタンドのレーンに車を寄せて止めた。どのガスを入れるのかは、燃料タンクのキャップに表示されている。借りた車の指定燃料はディーゼルだった。

環境問題に厳しいドイツでは、かつては悪役だったディーゼルエンジンが、$CO_2$排出量が少ないクリーンエンジンとして生まれ変わり、ディーゼル車が見直されているという。

料金は併設されている売店のレジで、スタンドのレーンナンバーを言って支払う簡単なやり方。面白いのは、サービスエリアの売店で、ソフトドリンクと一緒にビールなども売っていることだ。近年ドイツでも飲酒運転はかなり厳しく罰せられるが、ビール王国にとって、ビールなどは酒ではないのかもしれない。日本では考えられない売店の光景ではある。

一恵は売店に繋がっているカフェに先に行って、席を取った。さぁ何をどう説明すればいいんだろ？　ストレートに話すしかないけど……。

「一恵はカプチーノでいいか？」

「あっ、お願いします」

セルフのカウンターへコーヒーを買いに行く直樹の背中を見つめながら、やはり一恵は、言おうか言うまいか逡巡《しゅんじゅん》し始めた。

ほどなくして直樹はカプチーノと、ジョッキに入ったビールを持って来た。

「えっ！　お父さん、ビール飲むの？」

「違う違う、これはアルコールフリーのビール。こっちのノンアルコールビールは、かなり美味いからな」

「ああ、びっくりした。飲んだら運転出来ないもんね」

「そりゃそうだ。で、話って何なんだ？」

「う～ん」

「彼氏のことか？」

首を横に振る一恵。

「違うのか。じゃあ何なんだ？　仕事のことか？」

再び首を横に振る一恵。

「下を向いてちゃ分からないよ。どうしたんだ？　こっちに来て積極的になったと、さっき自分で言ってたろ？」

ここで一恵は心を決めた。

「実は私、つき合っている人がいます」

「いないって言ったり、いるって言ったり、どっちなんだ？」

「大事な人はいます。でも、つき合っているのは、ルームメイトのジェシカ」

「えっ⁉……」

「そう、私ってずっと男の人には興味がなかったの」

「……」

「ごめんね、お父さん。早く言えば良かったんだけど……。今回二人でこっちに来るって聞いた時から、話そうとは思っていたんだけど、中々言えなくて……ホントごめんなさい」

「おいおい、何言ってんだ。謝るべきことじゃ全然ないよ」

そう言いながらも、直樹の額にジンワリと汗が浮き出てきた。少なからず動揺している父親に向かってかける言葉が、一恵には見つからなかった。

「お父さん……大丈夫？」

「大丈夫だよ。いきなりだったんで、ちょっと驚いただけ。それに、お前は全然悪くない」

「でも、結婚して子供が生まれて、とかいう普通のことは私には出来ないのよ。お父さんだって、孫の顔ぐらい見たいでしょ？」

「馬鹿だなぁ、そんなこと気にしてたのか？　いいか一恵、さっき石橋の上でも言ったが俺はな、お前がこの世に生まれて来てくれたことに心から感謝しているんだ。俺の子供としてこの世に生を受けてくれたことで、どれだけ幸福を感じてきたことか、そりゃ仕事ばっかりで、家庭を顧みない父親だったかもしれないが……。いつだって俺は一恵を見ていたし、お前の味方だったたつもりだ」

止まらない涙を拭《ぬぐ》うので精一杯の一恵。

「ありがとう、お父さん。こんな私でもいいの？」

「何言ってんだ。いいに決まってるだろ？　お前が幸せであればそれでいい」

一恵はあらためて、直樹という父親を持ったことに誇りを覚えた。お父さんこそ幸せになって欲しい、素直にそう思えた。

「実はな、一恵。俺もこの際だから言ってしまうが、今回の旅の目的はお前を日本に帰国させることだったんだよ」

「何かあるんだろうなとは思ってた。だって、旅行の目的がオクトーバー・フェストだけなんて無理があるよ。それほど二人とも楽しんでなかったし。あっ、お母さんは意外に楽しんでいたかな？」

「そうか、気づいていたか。でも、最近の海外のテロや事件のニュースを見るたび、お母さんも一恵のことを心配してさ」

「お母さんが？」

「そうだよ」

「あのお母さんが、私を心配するはずないわ」

「それは違うぞ、一恵。お母さんだって、お母さんなりにお前の将来のことは心配してるんだ」

じゃあ、なんでスマホの電源切って連絡がつかないようにしてるの？　何処に行ったのかぐらい教えてくれてもいいのに……と一恵は思ったが、その言葉は呑み込んだ。これ以上直樹を混乱させたくないからだ。

「いずれにしても、お前は全然帰る気はないみたいだな」

「ごめんなさい……」

「それはいいんだが、お母さんに何て言おうかなと思って。あっ、さっきのジェシカさんだっけ？　彼女のことはまだお母さんには言わない方がいいかもな」

「私もお母さんにはまだ言いたくない。お父さんの胸にしまっておいてくれればいい。ただ、日本に帰らないってことは私から話します。援助も受けているし、そこはちゃんと言わないと」

「OK。わかった！　いやぁ、何だか喉が渇いたな」

「よかったら、後は私が運転するから、お父さん生ビールでも飲んじゃえば？　この国のいいとこは何処で飲んでもビールは最高ってことよ」

「それじゃあここは娘の言うことを聞くかな」

「でも、ビールは自分で取ってきてね」

心のわだかまりが消えたように一恵は直樹と笑い合った。有希恵の所在が気にはなったが、ここまで連絡がないのは何ごともなく無事だということなのかもしれない。あと二日しか二人はいないのか……そう思うと、一恵は少し淋しさを覚えた。


サービスエリアを出た後、一恵の運転でそのままホテルへ直行した。レンタカーは二日間借りてあるからと直樹が言うので、ホテルのエントランスでベルボーイにチップとキーを渡し、駐車場に入れてもらった。

帰りの車の中から、直樹が何度か有希恵に電話してみたが、有希恵の携帯は電源が切れたままだった。こうなると、直樹も心配を通り越して怒りが込み上げてくるようだが、ビールの酔いが醒めるとそれも、次第に薄れていったようだ。

この後、部屋で有希恵を待たないかと提案されて、一恵も直樹たちの部屋に向かった。ドアを開けて驚いた。既に有希恵は部屋に戻っていたのだ。

「あら、お帰りなさい。二人で何処に行ってたの？」

何ごともなかったかのように話す有希恵に、火がついたように一恵はまくしたてた。

「ちょっとお母さん！　何処にって、それはないでしょ？　そっちこそ何処に行ってたのよ！　お父さんと二人でずっと心配してたんだからね。帰ったら帰ったで、連絡してよ」

「ごめんなさい……」

態度からして、本当に何ごともなく帰ってきたようだ。一恵のあまりの剣幕に押されて一瞬言葉を失った直樹だが、

「まぁ無事で良かったよ。で、何処へ行ってたんだ？」

「〝日帰り出来る街〟と聞いて気になったのがフュッセンだったの」

「フュッセンに行ったのか？」

「そう、そこにあるお城に行ってみようかなって思って」

「えっ？　お母さん、ノイシュヴァンシュタイン城に行ったの？　でも、お城にはフュッセンからバスでホーエンシュヴァンガウまで行かないとだめよ」

「そうなのよ、凄い人でバスにも乗らなくてはいけないし、面倒になってそのまま帰って来ちゃった」

呆れたように顔を見合わせる直樹と一恵。

「じゃあ、何でスマホの電源を切ってたの？　連絡つかないまま、単独行動なんて心配するに決まってるじゃない。お父さんは、お母さんから連絡があったら、すぐ迎えに行

こうとして車まで借りちゃったのよ！」

「あら、あなたホントに？　ごめんなさいね」

携帯の電源を切っていた理由を、なおも一恵が追及すると、行きはスマホのバッテリーが一日持つかどうか心配であえて切っていたのだという。そして、

「実はね、私、スマホを帰りの列車の中に置き忘れてしまったのよ」

「えっ？　ホントに？」

「えっと、行きと同じカウフボイレンという駅で降りて、ミュンヘン行きの列車に乗ってから気がついたのよ。だから二人にも連絡取れなくて、ホントにホントにごめんなさい」

「で、置き忘れて、その後どうしたの？」

「どうしたのって、そのままよ。私は言葉がわからないのに、どうすれば良かったの？」

「そっか、それなら仕方ないな。実は駅には遺失物などの窓口があって、いい人に拾ってもらったら、もしかしたら届けられている可能性もないことはない」

「そうなのね……」

落ち込む有希恵に直樹は同情的だが、一恵の怒りがおさまらない。

本当に私のお母さんって何者？　何様？　スマホをなくしたのに、何も行動を起こさないなんて、いくら言葉が出来ないと言っても悠長すぎない？　多分人任せで何とかな

ると思っているのだろう。こういうところが最も嫌いな部分だ。

「ねぇお母さん、帰りの切符って持ってる？」

「あるわよ」

「ちょっと見せてくれない」

フュッセンから何時のＢＲＢに乗ったかを聞きたかったが、来た列車に飛び乗ってしまったので正確にはわからないらしい。車内の電光掲示板に、アルファベットでＡＵＧ行きと出ていたことだけは、何となく覚えているという。

一恵は、母の乗った列車はアウグスブルク行きだったのではないかと判断した。それからの行動は早かった。ガイドのバイトで培《つちか》ったネットワークを最大限に使って、アウグスブルク駅の遺失物取扱所にまで電話でたどり着いた。

応対に出た人も、声の感じはドイツ人にしては優しかったので、思い切って今日の忘れ物の中にスマホが届いていないか聞いてみた。運がいいとはこのことかもしれない。ちょうど電話の応対をしている人が、初老の夫婦から列車内の忘れ物としてスマホを預かったらしい。そのスマホの特徴はまさに、有希恵の物と一致した。届けてくれた老夫婦のことを有希恵は覚えていたらしく、いかにその夫婦が素敵だったかを呑気《のんき》に直樹に話している。

「ねぇお母さん、今から私が代理で取りに行ってこようか？　アウグスブルクならインターシティ(ICE)で、三十分くらいで着くから、往復一時間で行って戻って来れるよ。明日になると面倒だしね。貴重な旅行の日が潰れちゃう」

「私も行った方がいいかしら?」

「大丈夫よ。私が代理で来たことにして、お父さんの携帯に電話するから、係の人に代わったらそのスマホの特徴を言ってくれればいい」

「でもドイツ語は無理よ」

「英語で平気。色とか特徴の一つでも合えば大丈夫だから。それにお母さんのスマホのケースってブランド物でしょ? そんな高いのはこっちの人は付けないから、すぐ確認出来るわよ。じゃあ善は急げ! 行ってきます。あっ! お父さん、列車代を頂戴。多分往復四十ユーロぐらいだから。五十ユーロあれば足りるわ」


アウグスブルクに着いた。一恵は有希恵のためにここまでしてしまうのは不本意なのだが、性分だから仕方がない。それに今日は直樹にジェシカの件を話してしまったので、何かアクティブに物事を解決したくなったのは確かだ。

通りかかった駅員に、遺失物取扱所の場所を聞いて行ったのだが、ドアに鍵がかかり閉まっていた。あれ? 来るまで待ってくれるようなことを言っていたが、もう帰ってしまったのだろうか? まさかの骨折り損?

ダメ元でドアを叩いてみたところ、返事があり鍵を開ける音がした。ドアがゆっくり開いた。そこにはブランドケースに入ったスマホを持った、人の良さそうな小父さんがニコやかに立っていた。そのままスマホを一恵に渡しながら、良かったですね、良い方に拾ってもらって、などと会話をしたが、「スマホの所有者の本人確認は？」と聞いても、「間違いないんでしょ？ ならば大丈夫」とばかり、有希恵に電話する必要もなかった。

丁重にお礼を言って、一恵は遺失物取扱所を後にした。今頃本人確認の電話を待っているだろうなぁと思い、そうだ、ここはあえて有希恵のスマホから直樹に電話して安心させようと、早速電源を入れ、有希恵のスマホを起動させた。パスワードは聞いていなかったので、有希恵の考えそうな自身の誕生日の日付を入れてみたが、通らない。その時だ。有希恵のスマホが鳴った。電話着信の場合パスワードを入れなくても画面をフリックすれば、電話に出られる。待ちきれない有希恵か直樹がかけたと思い、発信者の名前を確認せずに、一恵はわりと元気よく電話に出てしまった。

「島村です。さきほどはすみませんでした。僕も反省してます。明日には帰国しますが、是非《ぜひ》また東京でお会いしたいと思います」

「はあっ？」

「あの……有希恵さんの携帯ですよね？」

「ハイそうですが、どちらさまですか？」

「えっ？　有希恵さんではないんですか？」

時間が止まったように、一恵はその場で凍りついた。

# Day 5

バイエリッシュ・アルペンの雄大な山々が遠くに見え始めると、有希恵は自分の狭量な心が見透かされている気分になった。普通の精神状態ならそんな風には思わないだろうが……。今朝は雲一つない青空というものを久しぶりに見た。いつもならそれだけで心がスッと洗われるはずなのに、今はむしろ青空とは真逆の暗雲が体全体に立ち込めている。その思いに反応したのか、昼近くになって、空は徐々にグレーの雨雲に覆われ始め、有希恵の重い胸の内を察するかのようにポツポツと雨が降り始めた。

今日で旅もすでに五日目。有希恵は直樹に誘われるままに、ホーエンシュヴァンガウまでのドライブに出た。昨夜フュッセンから戻った有希恵から別行動の顛末を聞いた直樹が、

「なんだ、それならまだ車は借りてあるから明日はドライブがてら、ノイシュヴァンシ

ユタイン城まで行ってみるか?」

フュッセンからお城のあるホーエンシュヴァンガウまで、バスに乗るのが億劫でと言い訳した有希恵に断る理由はなかった。直樹は側にいた一恵にも声をかけたが〝私は行かない〟とキッパリ断ったのには驚いた。

列車に置き忘れた自分の携帯を、アウグスブルク駅まで取りに行ってからというもの、どうも一恵の様子がおかしい。携帯を手渡してもらったとき、感謝とねぎらいの言葉をかけたが、無言で視線さえ合わそうとしなかった。見かねた直樹が、

「どうした。具合でも悪くなったのか? それともプライベートなことで何か?……」

と言いかけて、一恵と目を合わせ、それ以降の言葉を不自然に呑み込んだ。えっ? どうしたの二人共? 微妙な空気が充満し始める。

その日の自分の行動を思えば有希恵もそれ以上は詳しく聞けなかった。島村とはフュッセンで何もなかったにせよ、別行動してまで二人きりで会った事実を消すことは出来ない。ただし、嘘はバレなければ嘘にならない。貫き通せば真実になる。有希恵はそう信じてこれまでやって来た。罪悪感を捨て去るには、虚言そのものを忘れ去ることが一番だ。

いつもはそんな自分勝手な言い訳で、罪悪感を誤魔化してきたが、今回はそうはいかないようだ。昨夜から直樹と目を合わす度にチクチクと胸が痛む。東京では島村と不貞

を重ねても、一度も感じなかった心の痛み……。今までは、むしろ悪いのは自分のことを構わない直樹だと勝手に思い込んでいた。

私たちは普通の夫婦とは違う。そう自分に言い聞かせてきた。家庭という小さな枠に直樹を縛りつけることはせず、会社という大きく長いレールの上を自由に走らせてきた。弊害は直樹が仕事に没頭すればするほど二人の心が離れていったことだが、その分、夫は出世をし地位を得た。暮らし向きは楽になり、何不自由ない生活を手に入れることが出来た。

すべて有希恵自身が望んだことなのに、満ち足りた生活とは裏腹に、時折頑丈な鉄の鳥かごに閉じ込められたような、鬱屈した気分に襲われることがある。それは、花瓶の中で枯れて朽ち果てる花のように、このまま年老いてゆくことへの恐怖に近い……。一恵がドイツに留学してからの直樹との日常も、一見何ごともなく平凡に過ぎて行ったが、翼の折れた鳥は、二度と大空へ羽ばたくことは出来ない。有希恵の未来を暗示しているかのようだった。それを忘れるために島村との関係を持ったわけではないが、会ったその日の夜だけは、不思議なことに少し気持ちが楽になる。でもそれも長くは続かない。そのため、何度もその場限りの逢瀬を重ねるようになったのだが……。

昨日フュッセンで、島村に会ったときに感じた嫌悪感。それですべてを有希恵は悟った。今まで島村と会って楽になったと思ったのは、単純にひとときの情事の高揚感や恍惚感が生み出した錯覚にすぎなかったのだ。喩《たと》えようのない失望感は自分自身への忌避にもつながってゆく。

救いはまだ直樹が島村の存在を知らないこと。このことは誰にも知られてはいけない……そんなことを思いながら、ボンヤリ雨模様の空を見ていると、ふと昨夜の一恵のよそよそしい態度が気になった……まさか……島村との密会を知られた？

有希恵は昨夜携帯が手元に戻ってから、一度も触れていないことに気づいた。慌てて着信をチェックする……しばらくして、後頭部を思いきり蹴られたような衝撃を覚えた。島村からの着信履歴を見つけたのだ。この着信は私が携帯を手離している隙に一恵自身が受けたのか？　だからあんな態度になったのか？　真相のほどは定かではないが、半信半疑の自問自答を繰り返しているうちに、自分で振り払うには困難なくらいの厚い雨雲に心が覆われ始めた。沈み込んだ気持ちを落ち着かせようと、助手席側のウインドウを少し開けて風を入れた。降り始めた冷たい雨粒が車内に勢いよく入ってくる。そんな有希恵の慌てた様子を察したのか、直樹が、

「どうした大丈夫か？　気分でも悪いのか？　少し疲れたんじゃないか」

「いえ、大丈夫ですよ」

「海外は慣れていないと知らず知らずに疲れがたまるからな。で、ドイツはどう？」

「ええ、最初私には合わないかなぁと思っていましたけど、こうやって郊外に出ると、

あまりに田園風景が素晴らしいので、見とれてしまいます」

「こんな風景ばかりだと、お前には退屈じゃないのか?」

「そんなことないですよ。私だって自然を美しいと感じる情緒ぐらいありますから」

「えっ? そうなんだ。ファッションにしか興味ないと思ってたよ」

「あら、それは失礼だわ」

「ハハ、すまん、すまん!」

「あなたの方こそ、こっちに来てよくお話しになるわよ。家ではずっと無口なのに、あなたにとっては思い出いっぱいの街がそうさせるのかしら?」

「そんな感傷なんか、もうないけどな」

「もう? じゃあ、昔はあったってことですか?」

「おいおい、そうつっこむなよ」

たわいもない会話でなごみつつも、有希恵は一恵が島村との件を知ったかもしれないと思うだけで、雨雲に覆われるどころではなく、今にも雷が落ちてくるような心境になった。

見えないトゲが体の中心部を突き刺し、ワイパーの規則的な動きに合わせるかのように、ジワジワと有希恵の病める暗部を蹂躙《じゅうりん》し始める。

## N

市街地を抜け、直樹はリンダウ方面のアウトバーンのA96へ車を進めた。最近速度制限のある区域が以前より多くなっているとは聞いていたが、それでも上限百二十キロは日本の高速道路より速いかもしれない。交通量も最初は少なくスムーズだったが、途中、工事渋滞にひっかかり予想より遅れてB17に乗り継いだ。BとはBundesstraße《ブンデスシュトラーセ》の略で「ドイツ連邦道路」のこと。日本でいう国道や自動車専用道路にあたる。B17はアウトバーンと違い、自分が走っている走行車線と反対車線の二車線しかない。アウトバーンよりも道も狭くカーブなども多いが、その分バイエルンの田園風景を身近に堪能出来る利点もある。

車でホーエンシュヴァンガウに向かうのは二度目だが、すっかり道などは忘れている。でも今はスマホの地図アプリで、行き先さえ入力すれば目的地まで車載ナビのように案内してくれる。大体の土地勘さえあれば地図などは不要な時代なのだ。

朝は見事な快晴だった。昼近くになって次第に青空が灰色の雨雲に覆われ始め、目的地に着く頃はすっかり雨模様になっていた。

しかし、どうして有希恵は突然フュッセンに行こうと思ったのだろう。本当にノイシユヴァンシュタイン城に行きたかっただけなのか？　自分が知っている有希恵は、誰もが知っている有名なお城などに興味を持つタイプではない。

もし、そういう面も有希恵が持ち合わせていたというなら、いかに自分が妻に対して無関心だったかを、あらためて知ったことになる。

それにしても、だ……二人だけのドライブなんて何年ぶりだろう。まさか結婚前に行った箱根以来ということはないと思うが。ただ、結婚を境に自分が手がけていた半導体のプロジェクトが軌道に乗り始め、日に日に有希恵との会話が減っていったのは確かだ。

社内結婚のせいか、会社での立場を尊重してくれているからか、有希恵は仕事に没頭する自分に一言も文句を言わなかった。それはそれでありがたかったが、その状態にお互い慣れすぎた。気がついた時は夫婦間の心の交流は途絶えがちになり、無関心が二人の生活の基本になっていた。当然食卓でも会話は少なくなり、それぞれの日常に干渉しなくなった。

やがて一恵が生まれ、親としての喜びは共有出来たが、一恵が成長するにつれ元の木阿弥に……。一恵がドイツに行ってからは、さらに会話のない日常に二人の時間を持て余すようになった。そんな中での今回のドイツ行きは、かろうじて夫婦としての会話を取り戻させる旅にもなっていたが……。

日本での夫婦生活を振り返れば、確かに二人が一緒にいる意味はない。一恵が別れちゃえと冗談交じりに言うのも理解出来る。

だからといって直樹は離婚を望んでいるわけではなく、妻の有希恵に対して愛がなくなったわけでもない。ただ、自分の気持ちを上手く表現することが苦手なのだ。

海外のドラマや映画で、子供が生まれても人前で平気でキスをしたり、ベビーシッターに預けて二人で食事や映画に行くような仲睦《むつ》まじい夫婦のシーンを見かけるが、それは直樹にとっては別次元の話にすぎない。とはいえ若い頃はそれなりの情熱もあった……アンナの顔がフッと浮かんでは消えた……。

こちらに来て数日間、どこまで過去に囚われているんだと自分でも呆れている。三十数年前に封印したはずの恋である。今さらどうあがいても、時間は巻き戻せない。しかし、いくら振り払ってもよみがえるアンナの残像。

かつて自分がこの国で、この街で生きていた証しがアンナとの恋ならば、無理に背を向けるのはやめた方がいいのかもしれないが……。よみがえる記憶と立ちふさがる現実。これからの未来をどう生きるのか、ハンドルを握りながら直樹なりに判断すべき時が来ていると実感し始めた。

ニュルンベルクから戻った翌朝、目覚めたとき、既にアンナは部屋にいなかった。ロ

ビーへ降りていくと、またチェックイン時のようにレセプションで何やら言い争ってい
る。内容までは詳しくわからないが、アンナがクレームをつけているようにも聞こえる。

「どうしたんだ？」

「ナオキ、ここを出よう」

「出ようって？」

「部屋をキャンセルするの」

そう言い放つとアンナは部屋に戻っていった。後を追いかけ事情を聞くと、もう部屋は二つもいらないから、フロントで一部屋キャンセルしたいと言ったところ、今さら無理だと断られたらしい。確かに一昨日ホテルに到着したとき、強引にツインルームをシングル二つに変更したのだから、ホテル側としてもキャンセルは受け入れがたい要求だったのだろう。

アンナはそこが気にいらなかった。こうと決めたら自分の思い通りにならないと気が済まない性格のアンナ。その強引さは直樹にとって、頼もしく思えるときもあるが、時と場合によっては諸刃《もろは》の剣《つるぎ》にもなる。

朝食もとらずホテルを飛び出した二人。ハンドルは再びアンナが握った。

「大丈夫よ。ホテルなんてこの辺には沢山あるから」

「でもさぁ、予約しておいた方がよくないか？」

「平気平気、いざとなったら車で寝よう」

「えっ？」

「冗談よ。このまま車で回ってさ、良さそうなホテルに飛び込みで当たってみようよ」

バイエルンの朝の光の中を車を進める二人。何気ない日常……その中でのアンナの行動力は異国で暮らす直樹にとって、新鮮であり刺激的でもある。

「でさぁ、今日はどうする？」

「そうね、思いがけず朝のドライブになっちゃったから、何も考えていないけど」

「じゃさあ、この辺でどっかアンナお薦めのドイツ的な場所ってある？」

「そうだなぁ……あっ、いいところがある！」

路肩に一旦車を止めて、地図で場所を確認してから、アンナは再び車を発進させた。

「何処へいくんだ？」

「行ってのお楽しみ。まずはドナウシュタウファー通りを目指して行かないと」

さっきまでの怒りは嘘のように消えていた。今や彼女の持っている秘めた強い意志が、アンナの考えるドイツ的なもののように感じる。とにかく彼女から教えられるドイツ的なものが直樹にとって今、一番興味深いものになっているのは間違いない。

目指した通りを十五分ぐらい走ると、車は左に折れゆるやかな勾配にさしかかった。山に登るように上へ上へと進んでゆく。次第に急な坂道になり、車がギリギリ二台すれ違えるくらいの道幅をアンナはスピードを緩めることなく走らせて行く。登り切るとそこは広場になっていて、自由に車を止められるスペースがあった。すでに観光バスを含め何台もの車が止まっている。二人は空いている場所に止め、車を降りた。

「ここって何？ 山？ それにしては低いよな」

「すぐわかるわよ。さぁ行きましょう」

アンナは直樹の腕を取って、広場の先にある一段がかなり広くゆったりした石の階段を登って行った。回りは緑の木々に囲まれ、さながら森のトンネルを上がってゆくようだった。

「ほら、あれよ」

登り切った後、アンナが指をさした先に見えたのは神殿風の建造物だった。

「何これ、まるでギリシャの……ほら何だっけ？」

「パルテノンでしょ？」

「そうそう、それそれ、それだよ。しかし凄いな、ドイツにパルテノン神殿があるなんて」

「正確にはヴァルハラ神殿という名称で、ルートヴィッヒ一世が十九世紀に作ったものよ」

「なぁ、ここから見えるのは神殿の後ろ？」

「そうよ。ホントはね、下の船着き場から見えるのが正面なの。でも船着き場で降りてここまで来るには四百段以上もある階段を登らないといけないから、さすがにキツイでしょ?」

「車で近道して正解だよ」

「ナオキは弱虫だからね。正面の階段を見ただけで尻込みするはず」

「はいはい、弱虫で結構。階段四百なんて無理無理無理!」

「ハハ、さぁ正面に回ってみましょう」

二人は神殿の後ろにある階段を数段上がり、コロネード(列柱)の回廊を通って正面に出た。直樹は思わず息を呑んだ。

神殿の前面には八本の円柱が建っている。その眼前に広がるバイエルンの田園風景……まさに絶景とはこのことだ。眼下にはドナウ川が流れ、その水面に朝の光が反射してキラキラ輝いている。人はあまりに美しい風景に出逢うと言葉をなくすと言うが、今の直樹がその状態だった。こんなに素晴らしい風景に出逢ったことはなかった。その場に立ち尽くす直樹と、寄り添い腕を絡めているアンナ……何気ない幸せとはこういうことなのかもしれない。

正面の階段付近には、幾人かのカップルが並んで座っていた。直樹達も正面右の片隅、円柱の間の空いている場所に腰かけた。

「どう？」

「いやあ、素晴らしいよ……それしか言えない」

「ここから眺めるバイエルンって素敵よね。私もまだ二度目だけど、一度見たら忘れられない風景じゃない？」

「うん、そう思う。ここに神殿を建てたくなる気持ちわかるなぁ。ドナウ川もバイエルンの田園もここからなら独り占めだぜ。建てた人って誰だっけ？」

「ルートヴィッヒ一世。ノイシュヴァンシュタイン城を作ったルートヴィッヒ二世の祖父にあたる人ね」

「そうなんだ、ドイツ人ってみんな建築好きだけど、それこそが権力の象徴なんだろうな」

「せっかくだから中に入ってみましょうよ」

二人は立ち上がり、正面の入口からヴァルハラ神殿の中に入った。内部には沢山の偉人の胸像が左右に二段ずつ並んでいる。皇帝、哲学者、詩人、聖職者と分野は雑多だが、全員ドイツ人で占められていた。

「ベートーベンもワーグナーもいるけど、ジャンルって関係ないんだな。ゲルマン民族の神殿というくらいだから、ここに入る偉人はみんな神様になるんだね」

「そうね。そこは日本のシントーのシンデンと同じでしょ？」

「そうだけど、日本の場合はシンデンではなく神社っていうんだよ」

「ジンジャ？　いい響きね。いつか私もそのジンジャに行ってみたいわ」

「僕が案内するよ。東京にはいくつも神社があるからさ」

「そんなに神様がいるの？」

「やおよろずの神といって、日本はそこらじゅう神様だらけなんだよ」

「へぇ〜面白いわね」

「例えば森とか川とか、自然があるところには必ず神様がいるってこと」

「日本に行ったら、ナオキに日本的なところを沢山教えてもらわないと」

「任せて……と言いたいが、実はそんなに日本的なところと言われても自信ないな。でも、日本の神社って絶対アンナは気に入ると思うな」

「きっと行くわ。そのときは一緒にね」

「もちろん！」

「あっ！　ほら見て！　正面の大きい銅像、あれがルートヴィッヒ一世本人よ」

「やっぱり建物のオーナーが一番大きいんだ」

「ハハ、そうね。建てた人の特権ね」

たわいもない会話を弾ませながら二人は外に出て、今度は神殿の正面辺りに並んで座った。

再びバイエルンの美しい田園風景が二人の眼前に迫る。この風景を前にして言葉は無意味のようだ。こうして並んで座っているだけで幸せな気分になってくる。おそらくこの景観は何十年も……いや、この神殿を建てた時からほとんど変わっていないのだろう。

悠久の時を超えた、美しい風景を前にして、昨日ニュルンベルクで感じたアンナへの違和感は何処かへ吹き飛んでしまった。人間いつもいい関係でいられるとは限らない。恋人同士であっても、意見が合わずにすれ違うことも多々ある。互いに気に入らない部分があって当然だ。まだ始まったばかりの恋……不安もあるが、それらを含め、アンナを丸ごと受け入れる覚悟が自分にはある。

この先、情熱だけでは越えられない現実という壁がいくつも目の前に立ちはだかるだろう。すべてクリア出来るかどうかは分からないが、何某《なにがし》かの困難を迎えたとき、側にアンナさえ居てくれれば、自分はそれに立ち向かって行けそうな気がする。どんな未来が待っていようと、いつもアンナを身近に感じられるような人生であればいい。

そのときだ、一陣の風が彼女の髪を揺らした。目を細めるアンナ。思わずその肩に手を回し直樹は少し強く抱きしめた。驚いたような笑顔で直樹にもたれかかるアンナ。二人は自然にキスを交わした。一瞬で時間は二人だけのものになった。バイエルンの空も川も、その光のすべては、アンナと直樹のためだけに今は輝いているようだった。

どうやら母親の有希恵は単なる観光目的でフュッセンにまで行ったわけではないようだ。アウグスブルクで有希恵の携帯にかかってきた着信のコールに思わず出てしまった一恵は、そう直感した。

K

「島村です。さきほどはすみませんでした。僕も反省してます。明日には帰国しますが、是非また東京でお会いしたいと思います」

「はあっ?」

「あの……有希恵さんの携帯ですよね?」

「ハイそうですが、どちらさまですか?」

「えっ? 有希恵さんではないんですか?」

「私は娘ですが……」

「ええっ! 娘さんですか? す、すいません。声がそっくりだったもんで、失礼致しました。あの、有希恵さんは……」

「あいにく母とは今一緒にいませんが」

「あっ、そうでしたか……わかりました。ではあらためて、こちらから連絡させて頂きます。失礼しました」

動揺を隠し切れずに慌てて切った男は島村と名乗っていた。男の言葉を思い返しても、有希恵のフュッセン行きには何かやましい別の目的があったのではと疑わずにはいられない。しかし……あの男に会うためだけに、わざわざフュッセンまで行ったのか？　反省してますって何を？　島村って一体誰？　悶々《もんもん》としながらホテルに戻り、携帯を有希恵に返したが、もはや母と素直に目を合わせることができなかった。今日は夫婦でノイシュヴァンシュタイン城まで出かけるという。自分も誘われたが、当然一緒に行くような気分ではないので即座に断った。

もし母親が不貞を働いていたとしたら……そう考えただけで胃液が逆流しそうなムカムカした気分になる。ホテルから家に帰る途中、色々考え過ぎたのか一恵は軽いパニック状態に陥ってしまった。やっとの思いで帰宅した一恵は眠れぬ夜を過ごし、ようやく朝を迎えて、ルームメイトで恋人でもあるジェシカに、昨日あった出来事を詳しく話し、母親のことなどを相談した。

すると、彼女から意外な答えが返ってきた。

「一恵のママはフュッセンでその男とは寝てないと思うな」

「えっ？　どうして？」

「ハッキリした根拠はないけどさ、そんな事をして一恵たちが帰って来る前にホテルに戻れると思う？」

「う〜む、確かに時間的に無理があるか」

「でしょう？　いくら何でもそれは無理よ。それにさ、一恵のママが男と寝るためだけにフュッセンまで行くかな？　偶然会ったのかもしれないし、何だかその男の印象を聞く限り、一恵のママとのラブ・アフェアーをしたようには感じられない。それに普通そういうことをした後って余韻が大事じゃない？　特に女性はさ、ねっ？」

「………」

「きっと一恵のママは何か違う理由でフュッセンにまで行ったんじゃない？」

他の理由？　それは一体何？

「とにかく一番いいのは、本人に直接聞くことね。電話あったけど誰なの？って普通に聞いちゃえば？」

「そっか。そうね……ありがとう、そうしてみる」

ジェシカの言う通り、あれほどプライドの高い有希恵が、電話の印象だけにしても、あんな軽い感じの男と何かあるとは思えない。過去はどうあれ、昨日の有希恵はそれが目的でフュッセンに行ったのではないのだろうと一恵も得心した。偶然会ったというのは、ちょっと考えにくいが……とにかく、ジェシカに話を聞いてもらって大分心が軽くなったのは確かだ。

ただそのジェシカも、なんで夫婦だけの旅行中に、有希恵が単独でフュッセンにまで行ったのかは理解出来ないという。しかも夫である直樹に行き先を告げずに行ったことに驚いている。ドイツ人の夫婦は旅先での別行動を、よっぽどの事がない限りしないらしい。ジェシカには、私の両親はちょっと変わってるからと、お茶を濁しておいたが……二人の関係が前々からあまり良くないとは、ジェシカにはまだ言いたくなかった。

一恵はその会話の流れのまま、父親に自分が男性には興味がないセクシャルマイノリティで、ルームメイトのジェシカとは恋人同士であることを告げたと話した。

「で、どうだったの?」

「理解してくれたよ。私のお父さんは意外に物分かりが良かったわ」

「ホントに? でもさ、いきなり娘の恋人がルームメイトって聞いてビックリしちゃったんじゃない?」

「う〜ん、そんな感じでもなかったけど……内心は驚いたかもね」

「そういえば一恵のパパって、こっちに留学してたんだよね?」

「学生時代に短期間だけど、語学留学をしてたみたい。そうそう、お父さんはこっちにいる頃、ドイツ人の恋人がいたみたいなんだ」

「そうなの?」

「ずいぶん前に、二人の写真を偶然見たことがあってさ、その写真を撮った場所に昨日行ってきたんだ」

「ミュンヘン？」

「ううん違う、レーゲンスブルクのシュタイナーネ・ブリュッケ。そこで撮った写真をね、お父さんは木箱の中に大切そうに保管していてさ、その人は栗色の髪でとっても綺麗な人だったね」

「へぇ～、一恵のパパって、けっこうロマンチストなんだね。でもさ、そんなに綺麗な人だったなら、今でも忘れられないんじゃない？」

「まさか、それはないと思うけど……」

と言いつつ、一恵はさもありなんと感じた。写真の恋人のことを、直樹は過去の思い出として話してくれたが、一恵が高校の頃、その写真を見たことを告げたときの長い沈黙……その後の深いため息など、今思い返しても過去を完全に払拭しているようには見えなかった。直樹はそんな過去の自分との葛藤に悩んでいるのだろうか？

やはり今日のドライブは一緒に行くことにすれば良かったかなとは思ったが……いや、ここは夫婦水入らずでのドライブの方がいいに決まっている。このタイミングで直樹と有希恵が話し合うのがベストだからだ。とにかく昼頃にでも、有希恵か直樹の携帯に電話してみよう。その反応いかんで、大体の雰囲気はわかる。今日のドライブが吉と出るか凶と出るかは本人達次第だろう。

それにしても、昨日は色んな意味で疲れた。レーゲンスブルクに直樹と行って、ジェシカのことを話せたのは良かったが、有希恵の携帯事件では多少パニックになり、精神的にも肉体的にもぐったりだ。しかし、そういう日であっても、帰宅してジェシカとハグする瞬間にすべてが癒される。それこそが、ミュンヘンで暮らす一恵の心の支えにもなっていた。

それにひきかえ、直樹と有希恵は一体誰に安らぎを求めているのだろう。明白なのはお互いにではないということ……。だとすれば、直樹は誰？　過去の恋人？　有希恵は誰？　フュッセンで会った島村？　いや、それはない。

いずれにしても、二人の関係が危険水域に達しているのは確かだろう。今日のドライブで、少しは緩和されるといいのだが……。

*y*

今まで後悔など殆どしたことがない有希恵……しかし、今回ばかりは後悔の渦の中から抜け出せないでいる。フュッセンで島村に会って嫌悪を感じ、そのままミュンヘンへ取って返したのは正解だったが、単独でフュッセンにまで行ったことを今さらながら悔やんでいる。

単独行動の動機も、海外にいる解放感からではなく、ドイツ語が直樹や一恵のように出来ない、コンプレックスの裏返しという子供じみたものだった。しかも自分が列車に忘れた携帯を一恵がアウグスブルクにまで取りに行ってくれたまさにそのとき、間の悪いことに島村は自分の携帯に電話をし、一恵がそれに出てしまったようなのだ。気が気でないというのはこのこと。ソワソワした感じが直樹にも伝わるのか、チラチラと様子を窺う視線が突き刺さるように痛い。自分が蒔《ま》いた種ではあるが、何で電話などかけて来たんだと島村への怒りが沸々と込み上げてくる。多分もう会うことはないだろう。帰国したらカルチャーセンターのゴルフスクールも退会しよう。その前に島村のアドレスを消去したいが、やり方がわからない。わざわざ直樹に聞くわけにもいかない。有希恵がイライラしながら外を観ていると突然直樹が、

「ほら、左の山の方を観てごらん」

「何ですの?」

「左の山の中腹にお城が見えるだろ? あれがノイシュヴァンシュタイン城だ」

バイエルンの田園風景を緑の壁紙のように彩《いろど》る山あいに、忽然《こつぜん》と白い建造物が現れた。見事な景観に、イラついた気分がスッと消えてゆく。

「雨も少し上がってきたようだし、車を止めて外に出てみるか」

直樹は、前方右横にあったスペースに車を寄せて止めた。二人はまだ少し小雨がパラつく中、車を降りた。車の前で城を眺めながら、有希恵は直樹の腕に自然に自分の腕を絡めた。こんな風に寄り添うのは何年ぶりだろう……覚えていないくらい久しぶりなのは間違いない。

遠くアルゴイ・アルプスを背に山の緑から浮かぶノイシュヴァンシュタイン城……ガイドブックの写真で観るよりはるかに幻想的で美しい。緑の世界の中にそびえ立つさまは、まさにおとぎの国の城そのものだ。しばらく時間が止まったかのように佇む二人。こんなことは昨日までは考えもしなかった。直樹に寄り添いながら有希恵は、

「絵に描いたようなお城ですね。ディズニーランドのシンデレラ城が参考にしたって何かで読みましたけど、本物の方が数段素晴らしいわ」

「これが本物の凄みだな。このお城を建てたバイエルンの王様は、狂王と呼ばれていて、建てるのにお金を使いすぎてクビになったけど、王のいないお城が今ではバイエルンの重要な観光資源になっている。何だか皮肉な話だよな?」

「あら、そうなんですか。そのクビになった王様はそれからどうなったのかしら?」

「その後は幽閉されて、何日か後だったかな? どういうわけか医師と一緒に湖で溺死体で発見された。暗殺されたという説もあるけどね。とにかくこの王様は政治が嫌いで、しかも同性愛者で浪費家。少年の頃から、ワーグナーのオペラ『ローエングリン』の白

鳥の騎士に憧れていたらしいから、狂王というより、空想の世界を愛したメルヘン王だったんだよ」

「よくご存知なのね。そういう話、あなたから初めて聞きました」

「えっ？　あっ、いやいやこっちに住んでいたとき、ちょっと歴史も勉強したからな。まっ、それほど詳しくはないけどさ……このぐらいはガイドブックにも書いてあるだろ？」

何やら話を誤魔化すかのように早口になる直樹。嘘をつくのは天才的な有希恵だが、他人の嘘を見破るのも天才的だ。大体理数系の直樹が、観光名所のお城にまつわるエピソードを自ら勉強するはずがない。

「このお城の中はどうなんでしょう？　豪華なんでしょうね。あなたは入ったことおありなんでしょ？」

「ああ、昔ね。でも印象としては中よりも、バイエルンの風景に溶け込んだこの場所から眺める方がずっと素晴らしいよ。中もさ、ヴェルサイユ宮殿に比べたら豪華さは劣っていたと思う」

「あら、ヴェルサイユ宮殿にも行ったことがありますの？　それも初めて知った……こっちに来て色々あなたの新発見がありますわ」

多少皮肉な微笑を浮かべ直樹を見ると、やはり気まずい様子を見せている。この人は正直な人なんだとあらためて思った。それに比べて……。

「まっ、とにかく中に入ってみるか？　グループツアーで入るから、混みようによっては、かなり待つかもしれないけどね」

待つことが生来嫌いな有希恵。そこまでして中へ入る気はないと思いながら、

「そうなんですね。そういえば、さっきお話しになったクビになった王様ってどこの湖で亡くなったんですか？」

「来る途中にあったんだけど、シュタルンベルク湖というリゾート地だよ。そこには王を慰霊する礼拝堂があったり、そうそう、亡くなった場所と言われている所には十字架が刺さっていたりしたな」

「湖にですか？」

「そう……確か、そこまでは歩いて行けるはず」

「あら、それって興味ありますわ。今からそっちへ行きません？」

「えっ？　だって有希恵はノイシュヴァンシュタイン城に行きたかったんだろ？　だったら中も見なくちゃ。街はすぐ側だし、せっかくここまで来たんだから」

直樹に促され、ホーエンシュヴァンガウに到着したが、案の定駐車場はどこもほぼ満車で、街は観光客でごった返していた。それもアジア系から欧米系まで世界中の観光客が集まった感があり、インフォメーションがある辺りは、ちょっとした原宿の竹下通り

状態だ。そのせいか、さっき二人で見た荘厳で幻想的なイメージとは違い、車の真上に見えるお城が、テーマパークの一部のように見えてしまう。

ようやく駐車スペースを見つけて止めたが、降りて少し歩いただけで、人混みに有希恵は辟易《へきえき》してしまった。それから二人はアルプセ通りのゆるやかな坂を進み、チケットセンターまで行ってはみたものの、城への入場は三時間から四時間待ちになっている。

こうなるとさすがに直樹も、

「やっぱり事前にネットで予約しておけば良かったな。どうする？……まぁここで時間を無駄につぶすより、さっき有希恵が行きたいって言ってた、シュタルンベルク湖にでも行ってみるか？」

その提案に飛びつくように同意した有希恵は、素早く直樹の腕を取って車に引き返した。

*N*

「道は教えてあげるから、今度はナオキが運転してみなよ」

ヴァルハラ神殿からレーゲンスブルクへ、直樹にとって初めてのドイツでの運転となる。当然右側通行も初めてだ。ちょっと緊張しながら発進したがほどなく慣れた。道が空いているというのもあるが、やけに走りやすい。

「意外に運転上手じゃない。じゃあ運転は今日からナオキで、私は地図係に専念する」

「いいけど、まずは今夜のホテル見つけないと……」

「おや？　これも意外だけどナオキって心配性？」

「いやいや、泊まるホテルが決まっていないと、なんか落ち着かなくてさ」

「わかった、じゃあちょっとこの辺をドライブして飛び込みでホテルを見つけよう。あっ、次の環状交差点の二番目の出口を真っ直ぐね」

アンナは地図を見ながら的確に直樹に道の指示を出す。市内に戻り周辺で何軒か手頃なホテルをあたったが、やはり飛び込みでは部屋は取れなかった。

「ホントに、車で寝ることになったりして」

「えーっ！　何とかしようよ」

「ハハ、大丈夫。何とかなるって。それよりどこかでランチにしようか？」

二人は車を走らせ、旧市街から少し離れているが、店の構えのわりに大きな看板で「ガストシュテッテ」（大衆食堂）と書いてあるレストランで止め、そこに入った。

木の重いドアを開けると店内は思ったより広い。白い壁に木の梁《はり》などがあり典型的なドイツの大衆食堂だ。お昼時だったので店内は多少混雑していたが、奥の二人がけの席になんとか座ることができた。ここは家族経営のお店らしく、太った女主人が大きな声であれこれ指示している。大きな声といっても威圧的ではない。一緒に料理を運んでいるのは娘さんだろう。体型も顔もまるでコピーだ。

ハローと言いながら、そのコピーの娘さんがメニューを持ってきた。ドリンクは?と聞いて来たので、スパークリング・ウォーターとノンアルコールビールをオーダーした。

メニューを覗き込んだが、ランチメニューはAかBの二つしかなく、Aがケーゼシュペッツレというチーズがかかった短いパスタで、Bがシュバイネブラーテンというバイエルン風のローストポーク。黒ビールで作ったソースがかかっているのが特長だ。お互いにシェアしようということでAとBを頼んだ。両方ともこれが思いのほか美味しく、特にシュバイネブラーテンは絶品だった。

「こんなに美味しいなんて何だかラッキーだったね」

「そうだな、シュバイネブラーテンは今まで食べた中で一番かも。ソースが利いてて最高だよ」

「あとは今夜のホテルね」

「まぁ、ゆっくり探そう」

「あら、ゆっくりだなんて、お腹いっぱいになったら少し余裕が出来た?」

「う～む、確かに美味しいもの食べたら、なんか落ち着いたよ」

微笑み合う二人の時間。直樹はアンナの笑顔があれば、ホテルなんかなくっていいかな？とも思った。

「そう言えばさ、さっきヴァルハラ神殿を造った王様の孫がノイシュヴァンシュタイン城を建てたって言ってたけど、あんな豪華なお城を造った孫って、どんな人生だったんだろうな。まぁ俺たちみたく泊まる場所に困ることはなかったろうけどさ、やりたい放題だったんだろうな」

「う〜ん、確かに権力を握ればある程度はやりたい放題だけど、ルートヴィッヒ二世の人生はナオキが思うほど楽ではなかったよ」

「ガイドブックには狂王とか書いてあったから、専制君主なのかと思ったけど……」

「それはナオキの認識不足。その逆よ。政治よりも芸術を愛した王様。ワーグナーのオペラに魅せられて、彼のパトロンにもなったぐらいだし、特にオペラ『ローエングリン』の白鳥の騎士がお気に入りでさ、ノイシュヴァンシュタイン城のシュヴァンも白鳥って意味だしね。そうそう、彼が建造したリンダーホフ城の敷地内の洞窟には、人工の池まで造って白鳥のゴンドラを浮かべてたそうよ」

「狂王というよりメルヘンの王様って感じかぁ」

「そう、メルヘン・ケーニッヒ（メルヘン王）と揶揄されていた」

「それって、国を統治する王様としては駄目だよね」

「そうね、精神を病んでいるという理由で幽閉されたけどさ、ホントはお城を造りすぎて、バイエルン王国の財政を逼迫《ひっぱく》させたってことが理由みたいね」

「それはまずかったな。でもさ、今ではバイエルン一の観光資源だろ？　それも何だか皮肉な現実だなぁ。クビになった悲劇の王様の方針は間違っていなかったということになるね」

「確かにそう……もっと悲劇的なのは、幽閉されてすぐルートヴィッヒ二世がシュタルンベルク湖で溺死体で発見されたってこと。なんか変じゃない？　しかも医師と一緒にだなんて完全に怪しい」

「絶対殺されたな」

「犯人が誰なのか今でも論議の的らしいけど、いつか王家の公文書が全部公開されたら、事件の真相はわかるかもね」

「でも、そういうのって絶対公開されないと思うけどな」

「だからいつかね……。とにかくメルヘン・ケーニッヒことルートヴィッヒ二世のような人間には生きづらい時代だったのかもしれない。あの時代は帝国主義的な植民地政策が横行していて、世界中が食うか食われるかの弱肉強食の時代だったからね。泊まるホテルは決まってないけど、私たちの方が幸せかも」

「だよな。王様の息子に生まれないで良かったよ」

「ハハ、ナオキが王様の息子？ 王子？ 無理無理」

「笑いすぎ！ 俺だって王冠被《かぶ》れば立派な王子さ」

「それに、彼はゲイでさ、美男の側近を侍《はべ》らせていたって逸話もある。ナオキも侍らす？」

「そこはちょっと……厳しいな。美女にして」

笑い転げるアンナ。それを見ながら直樹は何だか楽しくなってきた。アンナとのこういう人生も悪くはないなと、密かに心で思った。

「ねぇ、旅の最後の日は早起きしてさ、ノイシュヴァンシュタイン城まで行ってみようか？ ミュンヘンを通り越して行くけど見る価値はあると思う。それに、あのお城は遠目に見た方が絶対いい」

「そうなんだ」

「あれはあれでドイツ的かもしれない。時間があれば中に入ってもいいけど。どう？」

「いいよ、運転は交代しながら行ってみよう。俺もメルヘン王の遺産を遠くから眺めてみたいよ」

そのとき、太った女主人がニコニコしながらテーブルに来て、料理の味はどうだった？と聞いてきた。アンナが最大級の賛辞を述べたところ、ダンケと言いながら奥に引っ込み、自家製のチーズケーキを持って戻って来た。これはサービスと言ってテーブルに置き、遠慮なくどうぞと勧めてくれた。

どうやら女主人は東洋人とドイツ人のカップルに興味を持ったらしく、何処から来た?と質問を投げてきた。日本と直樹が答え、アンナは二人はミュンヘンから観光でレーゲンスブルクに来たけれど、実はホテルがなくて困っていると話した。それなら隣に泊まればと、レストランの隣に併設された小さなホテルを紹介された。そこも自分たちの経営だという。

ホテルは何軒も断られてきているし、二人で顔を見合わせ即決した。渡りに船とはこのこと。ホテルというより民宿の感じだが、部屋に入ると、バイエルンの山小屋風のイメージで、やや狭いが清潔だ。バスタブもなくシャワーだけのシンプルな部屋。二人の旅の残りの一泊はここに決まった。

ホーエンシュヴァンガウを後にした直樹たちは、夕刻近い時間になってシュタルンベルク湖にやっと辿り着いた。多少迷ったことに加え、渋滞にハマったり色々あって、思いがけず時間がかかってしまった。二人は朝から何も食べていないので、まずは食事を取ることにした。

湖の東側のベルクという街には船着き場があって、湖畔にはリゾートホテルがあり、そこのオープンテラスで、かなり遅めのランチを取ることにしたのだ。店内にも席は有ったが、外の席は湖に張り出していて、今の時期はテラスの方が快適だ。遠くで水鳥が鳴いている。何艘ものヨットが湖面を気持ち良さそうにすべっている。

こんな場所で有希恵と二人で食事をするのも悪くないな。こういう時間をもっとこれから持たなければと思う直樹だが、どうもさっきから有希恵の様子がおかしい。食後のコーヒーが運ばれて来たタイミングで、

「どうした？　何か塞《ふさ》ぎ込んでいるようだが、心配ごとでもあるのか？　一恵のことか？」

「いえ、そうではないですけど……」

「この際だから先に言っておくよ。説得はしたんだが、やはり一恵は帰国はしない。こっちでまだやりたいことがあるそうだ」

「………」

「もうあいつも大人だし、こっちに来て大分しっかりしたみたいだから、あいつの意志を尊重してやらないか？　本人は自分で話すと言っていたが、お前が心配しているのは一恵も充分理解したからな」

「そうなんですね。あの娘の意志が固いなら仕方ないですね。心配は心配ですけど」

一瞬、有希恵が母親の顔になったような気がした。

「それよりさ、日本に戻ったらもう少し二人で出かけるようにしよう」

「どうしたんですの？　唐突に」

「今まで仕事にかこつけて、あまり家庭というものを振り返らなかったから、せめてもの罪滅ぼしさ。休みの日にこういうドライブも悪くないだろ？」

「あら、ホントにこっちに来てあなた変わったわね。何か考えごとをしてると思ったら、妙に明るいし。あなたこそ、こっちの空気が合うんじゃないですか？」

「ハハ、俺は日本の方がいい」

「そうですか？　日本に帰国したらいつものあなたに戻ったりして」

「いやいや、それはないよ。実はな、昔……」

そう言いかけたとき、突然有希恵が、

「そうだ！　あなた、十字架が湖にある場所ってこの近くですよね？　そろそろ夕暮れになるし、早くいかないと陽が沈んでしまいますわ」

「あっ、そうだな。早々にここをチェックして行ってみよう」

アンナとの事を話そうと思ったが……有希恵は人の話よりも自分の興味がある方を優先してしまう。でも嫌な気分ではない。それが有希恵なのだ。

事前に地図アプリで礼拝堂の位置を確かめておいたので、ここからは徒歩で行けばいい。有希恵が腕を絡めて来た。高級別荘が建ち並ぶリゾート地を二人で歩くのも久しぶりだ。地図アプリの指示通りしばらく行くと、ルートヴィッヒ二世の顔のイラスト付きの標識を見つけた。そこには『国王ルートヴィッヒ記念の地とヴォティーフカペレ（奉納礼拝堂）』と書いてあった。ここで間違いないだろう。王が幽閉されたベルク城は湖側からしか見えない。しかも現在は私有地になっていて中には入れないらしい。深い緑に覆われているこの辺り一帯が、ホーフガルテン（王の庭）なのだろう。なにしろ三十年以上前に来ただけなので記憶も曖昧だ。

その標識が示す道を生け垣に沿って降りる。しばらく歩いて砂利道になった通りを右にカーブし、どんどん進むと先にかなり老朽化した木製の柵の門があった。その柵の左側にある扉が開いていた。ホーフガルテン入口なのだろう。そこから中に入り、緑の森の中を進んだ。地図アプリは真っ直ぐ進むよう示しているが、陽も暮れかかり辺りはかなり薄暗い。有希恵もしっかり直樹の腕を摑んでいる。途中、大木に矢印形の標識が打ち付けてあり『ヴォティーフカペレ（Votivkapelle）』がある方向を指し示していた。歩くほどに暗くなるが標識通り行くしかない。途中、ジョギングをしている男性とすれ違った。この道で間違いないだろう。

十五分ほど歩いてやっと礼拝堂の屋根が見えた。二人で顔を見合わせ安堵《あんど》の微笑みを交わす。着いた所は礼拝堂の裏側になっていて、階段を数段降り、横の通路から前に回り込んだ。その場所が、ちょうど奉納礼拝堂の正面だ。

奉納礼拝堂は高台にあるため、前に回るとシュタルンベルク湖が一望出来るようになっている。陽が沈みかけ、夕陽が湖面をオレンジ色に照らしているのが見えた。直樹は六角屋根の塔がある礼拝堂の中を覗いたが……何か特別なものがあるわけではなさそうだ。

そこから左右に回り込むように降りる階段があり、さらに下に降りる階段がある。有希恵はここに着いてから礼拝堂の建物には見向きもせず、どんどん階段を降りて先に下に行ってしまった。

そのとき直樹の携帯の着信音が鳴った。見ると一恵からだった。

「どう？　お父さん。うまくやってる？」

「ああ、意外にうまくやってる」

「意外にって、お母さんは？」

「一緒だけど、今ちょっと離れちゃったな。実は今、シュタルンベルク湖にあるルートヴィッヒ二世を追悼した礼拝堂にいるんだよ」

「ホントに？」

「ノイシュヴァンシュタイン城にも行くには行ったが、あまりにも人が多くてさ、中には入らず予定を変更してこっちに来たんだ」

「造った人の最終地に来たってことかぁ」

「お母さんがどうしても行きたいっていうからな」

「お母さんが？　珍しいわね」

「あっ、そうそうお前が帰国しないってこと、お母さんに話したぞ」

「ホント？　で、何だって？」

「理解してくれたよ。ちょっと淋しそうだったけど。お前からもちゃんと話すんだぞ」

「ハイ、分かってます。実はちょっとお母さんと話したかったんだけど……私から直接かけづらくって。昨日変な態度とっちゃったし」

「そうか、今ちょうどお母さんは下に降りて湖の前にいるよ。追いついて電話するから一旦切るぞ」

一恵からの電話を切り有希恵の後を追ったが、大分時間が経ってしまったようだ。階段と急な坂道に足をとられながら小走りで直樹は下り、ようやく有希恵に追いついた。

そこで直樹の目に飛び込んできたのは……有希恵が岸から数メートルの場所に突き刺さった十字架を前に、崩れるようにしゃがみ込み、顔を両手で押さえ震えながら泣いている姿だった。

「おい有希恵！　どうしたんだ」

既に夕陽はほぼ沈みかけ、シュタルンベルク湖はオレンジ色からダークな闇へと変色しかけていた。

## y

直樹の留学時代にミュンヘンで何かあったことぐらいは察していた。ここに来てからの直樹の行動を見れば一目瞭然だ。深く考え込んだかと思うと、突然陽気に話し出す。何かを悟られたくないから、わざと明るく振る舞っているのは見え見えだ。これでも長年連れ添った仲である。夫の行動を見れば何を考えているのかは、お互い関心がなくなった今でもわかる。それが夫婦という見えない絆なのかもしれない。

ただ直樹本人はその辺りはかなり鈍感だ。本気でノイシュヴァンシュタイン城に行きたいと思っていたようなのだ。妻である自分のことを熟知しているなら、観光名所のお城などに興味を抱くわけがないことぐらいわかりそうなものだが……。でも、それが直樹なのだ。今回は否定もせず、ドライブにつきあった。昨日のフュッセンでの島村との秘密の逢瀬を悟られないようにするという意味もあったからだ。だが、どうあがいても自分の犯した罪は消えることはない。それどころか、時間が経てば経つほど重く心を責め立てて来る。

旅の本来の目的は、一恵を日本に帰国させることだったが、ドイツに来てからはそこが少しずつズレ始めた。直樹や一恵のようにドイツ語が出来ないコンプレックスから無謀な行動に出て、マリエン広場で男に絡まれ財布の中身を取られたり、昨日は島村からのメールに舞い上がり、単独でフュッセンに会いに行ったり、自分の行動はこちらに来てからは支離滅裂だ。

それにしてもだ。日本で逢瀬を重ねた島村と、フュッセンで会った島村……こうもイメージが違うのはなぜなのか。多分日本では会うというより、欲望を満たすだけの時間を共有したにすぎなかったのだ。始めのうちは禁断のひとときに対し罪の意識は少なからずあったのだが、味気ない直樹との日常がそれを埋没させ、回を重ねるごとに麻痺していった。

しかし、フュッセンで島村と会い感じた嫌悪感には、驚いたというより衝撃を受けた。どうしてあんな安っぽい男に惹かれたのかさっぱり分からない。それが自分への嫌悪感にもつながったのだが……。今までのことを振り返れば振り返るほど、有希恵はことの重大さを思い知る。

夫に対する裏切りは、そう簡単に許されるものではないが、それに自分の中でどう対処すればいいのか？

そんなモヤモヤする気分の中で見たノイシュヴァンシュタイン城は有希恵にとってある意味救いになった。雄大なアルゴイ・アルプスを背にそびえ立つ様は、まさに唯一無二なものとしての存在の大切さを教えてくれたようだ。人工的な建造物であっても、壮大な自然に溶け込み、壮麗な輝きを放っている。

ふと隣に立つ直樹を見た。それなりに皺も増え、髪も白くなってはいるが、自分にとって唯一無二の存在であることは出逢った頃からずっと変わらない。ここに来てあらためて、私の人生はこの人に守られて来たのだと思った。それなのに……。苦いものが胃から込み上げて来た。

当たり前の日常とは同じことの繰り返しだ。ただ、そのように積み重ねて来た時間は、いつか、かけがえのないものになるという。それが今二人でいるということなのだろうが、これからの日常が自分には見えない。ここからの未来を直樹とどう向き合って行けばいいのか分からない。

そんな直樹から、ルートヴィッヒ二世の悲劇的な結末を聞いた。ノイシュヴァンシュタイン城を建てた王が湖で溺死したという。しかも、溺死体が発見された場所には慰霊のために十字架が建っているという。心の中で何かが騒いだ。どうしてもそこに行ってみたい。混雑のおかげで、有希恵にとっては願ってもない予定変更となり、ルートヴィッヒ二世の最後の地、シュタルンベルク湖に行く事になった。

車中で直樹はずっと多弁だった。シュタルンベルク湖へは留学時代に、クラスの仲間とピクニックがてら行ったことがあるとか、直樹が日本を離れたあと起きた会社でのトラブルがようやく解決したとか、ドイツ料理の中で自分が好きなもののあれやこれやなど、いつもの気難しさもなく、人が変わったかのように話が止まらない。

日本では見せたことのない陽気で多弁な直樹に有希恵も最初は戸惑ったが、もしかしたら本質はこっちなのかもしれないとも思い始めた。おそらく学生時代にミュンヘンに留学していた頃はこんな感じだったのだろう。

と、そこにカーラジオからカルチャー・クラブの「カーマは気まぐれ」が流れてきた。

「この曲懐かしい……。高校生の頃大好きでしたわ」

「これがヒットしている頃はこっちにいたな。『カーマは気まぐれ』って何だか有希恵のことみたいなタイトルだな」

「あら、気まぐれってタイトルがですか？」

「ハハ、まっ、そんなところだ。歌の内容はあまり知らないからな」

「カーマって、カルマつまり人間の業のことらしいです。名前と人間の業とダブルミーニングなのかしら？　まぁ人間の業ってカメレオンのように、周りの状況で変わるってことかもしれませんね」

「おやっ、有希恵にしては深い考察だな」

「あなた、ホントに失礼ですわよ。私はカルチャー・クラブのファンクラブにも入っていたんですからね」

「ホントか？　それは知らなかった」

「今までそんな話、しませんでしたからね」

「どこが気に入ってたんだ？　歌か？」

「そうですね。歌というよりも最初は、ボーイ・ジョージのルックスかな？」

「彼はゲイでもあるけど、才能も豊かだしな」

「綺麗なものに男も女も関係ないですから。でも私も最初写真で見たときは女性かと思いました。彼の歌声も好きだったな。そのうちみるみる太ってしまいましたけどね」

「そうか、まだ有希恵の知らない面があるってことか。ほかにも俺の知らない秘密があったりして」

有希恵はドキッとした。昨日のことだけは絶対に直樹に知られてはいけないと思いつつ……。

そんな会話をだらだらと続けていたからか、スムーズに行けば二時間弱ぐらいで目的地に着くのに、途中、渋滞にはまったり、珍しく直樹が道を間違えたりして、大幅に時間がかかった。結局、目的地周辺に到着するまで倍以上の時間がかかってしまった。

着いてから二人はまず、遅めのランチというより、早めのディナーと呼んだ方がいい食事で空腹を満たし、日が暮れないうちにルートヴィッヒ二世を偲《しの》ぶ礼拝堂を目指した。

そこは鬱蒼《うっそう》とした木々に覆われた森のような場所だった。直樹の腕につかまりながら奥へ奥へ進んで行くが、陽も落ちてきて辺りは段々薄暗くなってきた。直樹がいなかったら絶対に一人では無理だ。そういう局面は今までにもいくつもあったのだろうが……。

しばらくすると、木々の間から礼拝堂の姿が見えてきた。心なしか有希恵はホッとした。着いた所は礼拝堂の裏手。前に回ると一気に視界が広がった。眼下にはシュタルンベルク湖、目指す十字架はちょうど真下にあった。引き寄せられるかのように、階段を下り有希恵はそこへ向かう。

波の音が心地良く心に響き渡り、風が優しく耳元を通り過ぎて行く。ここで亡くなった王の詳しい逸話を有希恵は知らない。ただ、あんな豪華で壮麗なノイシュヴァンシュタイン城を建造し、栄華を誇ったバイエルンの王が禁治産宣告を受けてこの地に幽閉され、命を落とした事実に、有希恵は不思議なほどシンパシーを感じていた。

十字架は岸から、ほんの数メートルの湖面に突き刺さっていた。その十字架に対峙する自分の他には今、周りに誰もいない。ミッションスクール出身の有希恵にとって十字架は馴染み深い存在ではあるが、湖に突き刺さった姿は何か不安を暗示するようで恐ろしげにも感じた。

陽が湖の西に沈みかけたそのときだった。夕陽が十字架と重なり、それが光を放ち輝くように有希恵の目の前に迫ってきた。まるで自分の愚かさを戒《いまし》めるかのように赤く燃えている。突然、得体の知れない感情が有希恵の中に込み上げて来た。涙がとめどなく溢れてくる。自分の犯した罪に対する慚愧《ざんき》なのか？　それとも直樹に対する罪悪感なのか？　まるで押し寄せる津波のように一気に有希恵を呑み込んでゆく。やがてある結論が心に芽生え、次第にそれに支配されてゆきながら有希恵はその場に崩れ落ちた。辺りはすっかり暗くなり、漆黒の世界が有希恵の心と体を静かに包み込んだ。

*N*

旅から帰ってからというもの直樹とアンナは三日にあげず、ほぼ毎日のように会っていた。夏も過ぎ、あっという間に数ヶ月が経ったが、心の距離はあの旅以降一気に縮まった感がある。たった数日の旅ではあったが、長く暮らした恋人同士のような親密さだ。初秋のミュンヘンは一番美しい時期だとアンナは言う。やや肌寒い季節の到来は、寄り添う恋人たちには最適のシーズンになる。

今日も二人は授業の後いつものカフェで落ち合った。直樹が少し遅れて行くと、手を振ってこっちとアンナが合図する。この瞬間が直樹はたまらなく好きだ。アンナの真っ直ぐに伸ばす腕、その微笑みすべてが直樹には愛しい。

「ゴメン、ちょっと遅れた」

「このぐらいは謝らなくていいって。すぐ謝るクセは直らないね」

「ゴメン……あっ！」

「ほらぁ、でもいいよ、それがナオキなんだから、私も段々気にならなくなっちゃった」

いつもは今日の授業のことなど、何気ない出来事を話したりするのだが、アンナからある提案があった。

「私達さ、一緒に住んでみない？」

「あっ、それ俺も考えていたんだよ。いずれ今のホームステイ先も出なくてはいけないし、どうしたものかと」

「じゃあそうしようよ。私のルームメイトも来月いっぱいで、国に帰るみたいなんだ」

「そうか……じゃあ早めの方がいいんだな」

「うん、でもナオキの都合もあるでしょ？　来年はナオキはそこを卒業したらどうするの？」

「う〜ん、まだそこまで考えていないんだけど、日本の大学のこともあるし、こっちに編入出来るのか、あるいは新規で何処かに入学するか……思案中だよ」

「でも、そんな覚悟はあるの？　かなり大変だよ」

「いや、アンナと一緒にいられるなら大変なことなんかないさ」

「そこはよく考えないとね。私たちは若いけど、まだ未熟だってこと認識しないと」

「わかってる、慎重に考えるよ」

「でね、提案なんだけど、住むのはフライジングにしない」

「フライジング？」

「そう、ここから電車で四十分ぐらいだけど、すごくいい街だよ。何と言ってもミュンヘンより家賃が安い」

「そうか、それはいいけど探すのは大変じゃないか？」

「うん、それも知り合いのツテで安く借りられそうなんだ。私が先に住んであとからナオキが来てもいいし、どう？」

「いいんじゃない、その線で行こう」

何事も、若さというのは後先考えず気軽にとらえてしまうふしがある。直樹もアンナの提案に同意しながら、まずは姉の由美子に相談をしないといけないと思った。後は難関の学校問題だが……。それは自分で何とかすべきだろう……。とにかくこっちに住んで、アンナと暮らすという難問を根気よく片付けていけばいいだけのことだ。

「なぁアンナ、これから映画に行かないか？　こっちの映画って外国映画は全部ドイツ語吹き替えだから、けっこう勉強になるんだよ」

「行きたいけど……今夜は駄目なんだ。何の映画なの？」

「メリル・ストリープの『ソフィーの選択』さ」

「そっか、私も観たいけど、今夜はこれからヘレナっていう友人の知り合いの誕生日パーティーなんだ。私は知り合いでもないし行かなくてもいいんだけどさ、誘われちゃったから顔出さないとね」

「OK。分かった。そういうの日本じゃ義理がたいっていうんだよ」

「ギリガタイ? 覚えておくわ」

「映画は今度にしような」

「うん、そうしよう。その映画は私も興味あるし」

それからしばらくコーヒーを飲みながら雑談をしたあと、連れだって外に出た。冷たい風が二人の間を吹き抜けてゆく。そのまま歩いて地下鉄ウニヴェルズィテート(大学)駅のホームで別れた。

先に来た反対方向の車両に乗り込んだアンナは、ドアが閉まる寸前直樹に向かって何かつぶやいたが、駅の喧噪にかき消されてしまった。何て言ったんだろう……ドアが閉まり手を振り、お互いにチャオと合図を送る。さよならって、また会えるから言えるんだよな……そんなことを思いながら直樹は家路についた。

それは突然だった。深夜零時近くにアンナの友人から直樹のホームステイ先に連絡があり、アンナが事故にあったというのだ。取るものもとりあえず慌てて指定された病院に向かった。アンナは、パーティー終了後に友人の友人が運転する車に相乗りし、家まで送って貰う途中でトラックに追突されたという。

その際アンナは頭を強く打ったが、意識もしっかりしていたし大したことはないから安心して欲しいという伝言だったのだ。安心も何もない。事故ならどういう状況なのか、本人から話を聞くしかないし、本当に大したことがないのかこの目で確かめたい。

タクシーをつかまえ、ミュンヘン大学病院にほどなく到着した。深夜とはいえ、ここは救急病院なので不夜城のように明るい。受付でアンナ・ホフマンの病室を聞き、早足に向かう。会うまでは安心できない。直樹の動悸は激しいハードロックのビートを刻んでいるかのように速くなっている。早く無事な顔を見たい。どうせ会った瞬間に「わざわざ来ないでもいいのに直樹は心配性なんだから」と毒づかれるに違いない。

病室に入り、その考えは一変した。アンナは鼻からチューブで酸素吸入をして絶対安静状態の様相だ。側につきそっていた友人と看護師から事情を聞いたが、信号無視したトラックに横から突っ込まれ、ちょうどそこがアンナの席だったとのこと。アンナも入れて四人乗っていたが、彼女だけ衝撃が大きく、打ち所も悪かったらしい。他の三人は一応検査は受けているが、意識はしっかりしているという。ただ、友人が医者から聞いた話だと軽い脳震とうだと思うので、大事はないということらしいが……依然として目を覚まさないのは不安が残る。その日は看護師に促され家に帰ることにしたが、眠れない夜の間、直樹は自分の心を落ち着かせるためには、アンナの回復を祈るしかなかった。

翌日、その願いが天に通じたのか、アンナの意識が戻ったという連絡を受けた。学校へは行かずにそのまま病院へ駆けつけた。

まだベッドに横になったままだったが、自分の顔を見てニコッと笑ったアンナを見て、その場にへたり込みそうになった。側にいた看護師も、もう大丈夫でしょうと言ってくれた。

「ごめん、心配かけたわね」

「謝らなくていいよ。意識が戻ってよかった」

「何だか長い夢を見ているようだった。フワフワの雲の上を歩いているような感じかな?」

「痛みは?」

「頭をさわるとまだけっこう痛いけど、大丈夫。検査の結果次第で二、三日で退院出来るみたい。退院したらこの間言ってた映画に行こうよ」

「わかった、行こう」

「ねえ、私はもう大丈夫だから、もう学校に行って」

そのとき大柄な五十過ぎぐらいの女性が息を切らしながら入って来た。

「まぁアンナ大丈夫なの？」

「あっ。ヴィルマ叔母さん」

ミュンヘン在住のアンナの親戚でアンナの母親の妹さんだ。今朝連絡して身の回りの物を持って来てもらったらしい。こういうときの男の無力さをあらためて直樹は知った。

挨拶もそこそこに、アンナはヴィルマ叔母さんに直樹を私の彼と紹介した。ヴィルマ叔母さんは、直樹にこれからもアンナをお願いしますねと、バイエルンなまりのドイツ語で直樹の肩を叩きながら優しく挨拶してくれた。日本人ということで最初は驚いていたが、どうやら、叔母さんは相当な話し好きらしい……その質問攻勢に巻き込まれる前に、アンナはジェスチャーで、早く行ってという合図。それを目で受けた直樹は、丁寧に叔母さんにおいとまの挨拶をし病室を出た。

病院の外に出てから、直樹はホッと息をついた。アンナの顔色が悪かったのはちょっと心配だが、叔母さんもついているし、もう大丈夫だろう。あっ、そう言えば昨日地下鉄でアンナが最後に言った言葉……何だったか聞くのを忘れた。まぁ、元気になればいつでも聞けるし、また明日来て聞けばいいか。

だが運命とは時に残酷な結末をもたらす。その明日は直樹には来なかった……。夜になって容態は急変し、あまりに突然にアンナは帰らぬ人となってしまった。カットアウトで終わった恋。心に空いた空洞は埋めるすべもなく、直樹は呆然と立ち尽くすだけだった。その時から直樹の時間は止まった。

シュタルンベルク湖の湖面に突き刺さったルートヴィッヒ二世慰霊の十字架の前で、有希恵は泣き崩れていた。直樹はどうにか抱き起こし、車へと連れて帰ったが、何があったんだと聞いても、嗚咽《おえつ》を繰り返すばかりで話にならない。

「さぁ、ミュンヘンに戻ろう」

そのままエンジンをかけ車を発進させた。ここからミュンヘンまではアウトバーンを飛ばせば一時間もかからない。まずは有希恵が落ち着いてから、話を聞くしかない。一恵にも連絡するといってそのままだ。しかし一体どうしたというのだ。その理由が自分には皆目見当がつかない。ふと助手席の有希恵を見ると、少し落ち着きを取りもどしたようだ。

「大丈夫か？」

「ごめんなさい……取り乱しちゃって」

「そんなことはいいけど……」

「あなた、少しお話しできますか?」

「ああ、それはかまわないけど、ホテルに戻って一階のラウンジにでも行こうか」

「はい……」

「食事は?」

「もう大丈夫です」

かなり疲れているな……その態度を見れば一目瞭然だ。

「そういえば、さっきシュタルンベルク湖で一恵から電話があったよ、お母さんと話がしたいって言ってたけど」

「そうですか、私も一恵とも話をしないと」

言ったきり有希恵はホテルに着くまで一言も発しなかった。

ホテルに着くと、ロビーで一恵が二人の帰りを待っていた。

「お帰りなさい。お父さんたら、すぐ連絡するって言ってたのに、全然電話くれないじゃない。こっちから電話しても、出ないし……心配でここまで来ちゃったわよ」

「すまんすまん、運転中だったからな」

直樹の横に佇む有希恵を見て一恵はハッと顔を強張らせた。こんな何かに打ち拉《ひし》がれたような母親を見たのは一恵としても初めてなのだろう。

「お母さん、どうしたの？　具合でも悪い？」

「ううん、大丈夫よ」

「全然そう見えないけど、ははぁ喧嘩した？」

「馬鹿なこといううんじゃない。お母さんは疲れているだけだ」

「だって、いつものお母さんと違うし」

ここは一歩も引かず、一恵はジェシカのアドバイス通りにストレートに疑問をぶつけた。

「もう二人の旅行も、明日で終わりなんだからさ。ちゃんと話をしたいなって思って」

「何も、そうまくしたてなくてもいいだろ？　明日もあるし」

「明日しかないのよ。明日はご近所の人にお土産とか買わないとでしょ？　ねえお母さん」

「そうね……」

「ほら、やっぱりここは家族の絆をより深めるために、ミュンヘン家族会議と題して、ちょっと話しませんか？」

「いやいや、お母さんはかなり疲れているから明日にしよう」

「あら、いいじゃないですか。いい機会だから、一恵も交えて色々話し合ってみましょうよ」

「有希恵がいいなら、俺はかまわないが……」

「じゃ、決まりね。そこのラウンジ暇そうだから、ちょうどいいかも」

「じゃあ、お母さんちょっと部屋に行って鎮静剤飲んでくるわ。あなたは一恵を連れて先に行ってて下さい」

「わかった……。ホントに大丈夫なのか？」

それには答えず有希恵は無言でエレベーターに向かって行った。

直樹と一恵はラウンジに行き、直樹はスコッチのロックを、一恵はコーラを頼んだ。

「ねぇ、何があったの？　絶対お母さん変だよ」

その問いかけに、直樹は答えられなかった。ルートヴィッヒ二世の十字架の前で泣き崩れた件は自分でも理解出来ないからだ。そこは有希恵から真意を話してもらわないと埒《らち》が明かないだろう。

「一恵が帰国しないという件は話をしたし、お前がお母さんと話したいことって何なんだ？」

「お父さん、肝心なこと忘れてる。ジェシカのこと」

「あっ、そうか。でも、今夜それを言うつもりか」

「ええ、そのつもり」

「お母さんびっくりしないか」

「そりゃ、するでしょ！　自分の娘が、いきなり私はレズビアンなんて言ったら、大概の親は腰を抜かすと思う」

「今夜はあまりお母さんを刺激しない方がいいと思うが」

「今夜だから大丈夫だと思う。お父さんは鈍いから分からないと思うけど、さっきのお母さん疲れてはいたけど、何やら覚悟を決めたような顔つきだったよ」

「そうは見えなかったが」

「だから、お父さんて駄目なんだなよなぁ。仕事人間って人の細やかな心情なんてわからないのかもね」

「お前ってこっちに来てから、けっこう言うようになったよなぁ……昨日はあんなにヘソ曲げたような態度で帰ってしまったのに」

「ジェシカに背中押されちゃって、疑問はストレートにぶつけた方がいいってアドバイスされたのよ」

疑問はオブラートに包まずストレートにか……それは言えてるな。

「だから洗いざらい、今夜中に話しておきたいし、私の疑問は解消したいのよ」

一恵の言っていることも一理ある。有希恵とも今までのような仮面の夫婦を演じて続けていけば、いつか必ず破綻するのは目に見えている。二杯目のウイスキーをオーダーしたとき、有希恵が下りてきた。

*K*

「お母さんこっち、こっち。あらお化粧落としたの。でもまだスッピンでも充分行ける感じ。お母さんてやっぱり若いね」

「あら、ありがとう。あなたは何を飲んでらっしゃるの？」

「マッカランのロックだよ」

「じゃあ私はコニャックでも頂こうかしら」

「えっ？　お母さんがコニャック？　ブランデー？」

「そうよ、お母さんの若い頃はクラッシュアイスでそのままロックで飲んだものよ」

「それ、出来るか頼んでみようか？」

「あら、お願いします」

「有希恵はヘネシーだよな？」

「うわっ、お父さんさすが！　お母さんの好みを知ってるんだ」

「お前は調子に乗りすぎだ」

何だかんだいって、この夫婦はお似合いなんだなと一恵は感じた。色々心配はしたが根っこの所では理解しあっているのかもしれない。

「私もコーラやめて、何か飲もう。あっ、お父さんバーボンソーダ頼んで」

一恵は何やら楽しくなってきた。それぞれ、目の前にグラスが置かれた。グラスを取り、

「では私たち来栖ファミリーに乾杯！」

喉が渇いていたのか、一気に飲んだ一恵がまず口火を切った。

「お母さん、お父さんから聞いたと思うけど……私、日本には帰りません。まだここでやりたいことを見つけて、頑張ってみたいんです」

「帰らないというのは聞いたわ。やりたいことがあるとも聞いたんだけど、一恵はまだ模索《もさく》中なの？」

「あっ、お父さん、少し話を盛ってくれたのね。すいません、未だ模索中です」

「一恵も今どきの子なのね」

「それと、もうひとつ、お母さんには話しておきたいことがあるんだ」

「何かしら？」

「私、今つき合っている人がいます」

「あら、それはいいことじゃない。日本人？　それともこちらの方？」

「ドイツ人です」

「まぁ、ますます語学が堪能になるわね。どんな方なの？」

「それは、ルームメイトのジェシカです」

「えっ？　ルームメイトって……」

「そう、女性です」

「あら、そうなの。可愛い方？」

「えっ、えっ、お母さん驚かないの？　私、男性には興味がないのよ」

「そんなこと薄々感じていたわよ。これでもあなたの母親よ。子供の頃から女の子らしいものに全然興味を持たないし、大きくなれば変わるかなって思ったけど、そうでもなかったじゃない？」

「なんだ、前々から感づいていたんだ。でも、お父さんにも言ったけど、これから先、お母さんは孫とか見ること出来ないんだよ？」

「何言ってんのよ。孫なんかより、あなたの方が大事に決まってるじゃない。あなたは私がお腹を痛めて産んだ大切な子供なんだから。あなたが幸せになることが一番の私の幸せなのよ」

　直樹と同じ意見を聞いて一恵の涙腺が再び決壊した。こんな風に母親も私のことを思ってくれていたなんて……物心ついてから、母親が派手に着飾る姿が嫌だと思っていた自分が申し訳ないような恥ずかしいような、そんな気分だ。

「良かったじゃないか、お母さんに認めて貰えて」

「はい、ありがとうございます」

とめどなく溢れる涙をぬぐいながら、こんな二人の子供で私は良かったと一恵は心の底から思った。

「でも、一恵。こっちはテロとか色々心配なニュースも多いし、充分に気をつけるのよ」

「はい、気をつけます」

「でもまぁ、テロは気をつけようがないけどな」

「また、あなたったら、そういうこと言わないで下さい。また心配で眠れなくなるじゃないですか」

「お母さん、そんなに私のこと心配？」

「それはそうよ、何度もいうけど、あなたは私の天使だったのよ。幼い頃のあなたを抱きしめるたびに、幸せを感じていたものよ。そんな天使もドイツに飛び立ってしまったけど。それもお母さんの知らないうちに、お父さんと共謀してね」

「おいおい、共謀は言い過ぎだろ」

笑い合う家族。これを幸福の形と言うのだろうか？　少し酔った勢いで意を決して一恵は有希恵に単刀直入に聞いた。

「ねえ、お母さんさぁ、私アウグスブルクにお母さんの携帯を取りに行ったとき、たまたまかかってきた電話だけど、ついお父さんと思って出ちゃったんだ。島村って人は誰なの？」

「一恵が電話に出たのね？　あの人は私が行ってるカルチャーセンターのゴルフスクールのコーチよ」

「えっ？　そうなの？」

「そう、たまたまIT関係の方とゴルフでチェコに行ってたみたいで、その帰りにドイツに寄ったらしいのよ。ほんと偶然なのよね。フュッセンでいきなり声をかけられてビックリしちゃったわ。私はすぐにミュンヘンに戻ったから、あまり話も出来なかったけど」

「それで、さきほどは失礼しましたとか言ってたんだ。なんか軽い感じだったよ」

「そうね、根っからスポーツマンって感じの人ね」

やっぱりジェシカが正解だった。有希恵はフュッセンで不貞を働いたわけではなかった。なんだか胸のつかえがすっかり取れたような気分になった。自分の思い過ごしで良かったと一恵は心の底から思った。そうなると今度は急に睡魔が襲ってきた。

「なんだ。それが、昨日いきなり一恵が不機嫌になった理由だったのか」

「そうよ、でも安心したら急に眠くなっちゃった。二人はまだここにいるでしょ？　私、明日の午前中は仕事だから、そろそろ帰るね」

「かまわないけど、明日の午後はどうするんだ？」

「あっ、お母さん、明日お土産を買うのはつき合うよ。午後は大丈夫だから、起きたら電話ちょうだい。色々お店も知っているし」

「そうね、じゃあ電話するわね。ジェシカさんによろしく」

「ありがとう！　あっ、お父さんもう眠いしタクシーで帰りたいから、タクシー代お願い！」

「お前って、ほんとにちゃっかりしてるよな。こっちで暮らす覚悟ならあんまり親を頼りにしちゃ駄目だぞ」

「はい、でも側にいるときぐらい頼らせて。見送りはいいからね。じゃあ、お父さん、お母さん、おやすみ、チャオ！」

*y*

一恵が去った後、しばらく沈黙が続いた……クラッシュアイスに染みこんだコニャックを飲み干したあと有希恵がゆっくり話し始めた。

「さっきはごめんなさい。びっくりさせちゃって」

「それはいいけど、何があったんだ？」

「あなたに聞いて、あんな凄いお城を建てた人が湖で変死だなんて、しかもそこに十字架が突き刺さっているということに興味を持ってしまったの……。私ってずっとミッションスクールだったでしょ？　十字架の前では人は懺悔をし、赦《ゆる》しを乞う。それって、キリスト教の儀式の一つじゃないですか。私の今の心境として、どうしても湖に刺さった十字架の前に立ちたかったんです。そうしたら陽が沈む直前、その十字架の後ろに夕陽が重なった。輝くというより赤く燃えるというか、その瞬間、私には赦しの十字架ではなく、いきなり罪を突きつけられた気分になってしまいました。私の犯した罪はとうてい赦されるものではないと」

「犯した罪？」

「そう、私には救いも赦しもないと……」

「でも、キリスト教の概念からしたら、人はみな生まれながらにして罪人《つみびと》なんだろ？」

有希恵は迷った。言うべきか、言わざるべきか、一恵に話したように話を曲げて欺《あざむ》くか。しかしここで誤魔化しては、同じことの繰り返しになると思い、意を決して話しだした。

「さっき、一恵に話をしたカルチャーセンターのゴルフスクールのコーチ。彼と私は不倫関係でした」

「えっ？」

さすがの直樹も、有希恵の告白に戸惑いを隠せないでいる。再びしばらくの沈黙の後、今度は直樹が口を開いた。

「ということはフュッセンで、その男に会ったのは偶然ではないってことか？」

「そうです。こっちに来ていることを知ったのは偶然でしたが、わざわざフュッセンに会いに行こうと決めたのは私の意志でした」

「……」

「でも、誤解しないで下さい。フュッセンでは何もありませんでしたから。会った途端に、自分の愚かさと相手への嫌悪と不信感で、そのまま戻ってしまった。それは一恵に話した通りです」

有希恵は直樹の表情を読んだ。驚きの中でかなり心は揺れているようだが、怒りに震えるというほどではないようだ。

「ノイシュヴァンシュタイン城へは、本気で行きたいのかと思ってたよ」

「私が観光名所のお城に興味を持つって思います？」

「まぁな、俺もおかしいなとは感じていたんだが……」

「私が行きたいと言っていたから、あなたはそれを素直に信じたのよね」

「……」

「そういうところがあなたのいいところでもありますけどね」

「今さら、そんなところを褒められてもな……」

再びしばらくの沈黙の後、少し語気を強めて直樹が、

「じゃあ、ノイシュヴァンシュタイン城に行きたいと言ったのは、密会を誤魔化すためだったのか?」

「本当にごめんなさい。つい口から出てしまって……心から反省してます。なんであんなことしちゃったのか、自分の軽率さは何をもってしても許されるものではない……自分のつまらない嫉妬心が裏目に出てしまいました」

「嫉妬心?」

「言い方が悪かったかもしれませんが、あなたがドイツ語を話せることをこちらに来て、あらためて知って凄いなぁと思うと同時に、一恵とも打ち解けているあなたに、妙な対抗心が生まれて、それであんな単独行動に出てしまった……。本当に愚かで浅はかでした」

「………」

「昨日の夜、あなたがノイシュヴァンシュタイン城まで行こうと言ってくれた時も、正直言って気が進みませんでした。でも……今日あの場所で車から降りて、お城を遠目で見たとき、あまりの素晴らしさに、ああ連れて来てもらって良かったなと思ったんです。

雄大な自然の中で佇む姿は、息を呑むっていうか、言葉では表現出来ない美しさがありました。見ているうちに夢の世界に引き込まれ、自然と心が洗われてきたんです。だからこそ、そのままの気持ちで十字架の前に立ちたかった。幸いにもお城周辺が混雑していましたから、望み通りにはなりましたけど」

直樹は答えずに、目の前のウイスキーを一気に飲み干した。重たい空気が二人の間に充満する。

「で、その男とは今後どうするんだ」

「それはきっぱり終わりにします。自分の愚かさを充分知りましたから、ゴルフスクールも退会します」

「それでいいのか？」

「はい」

その言葉を吐き出したとき、有希恵の中である結論が大きな渦を巻きながら一つに固まりつつあった。有希恵は慎重に大きく息を吸い、もう一度自分の考えを整えて、ゆっくり次の言葉を切り出した。

「私たち……お別れしましょう」

「………」

「私気づいたんです。仕事に関しても、家庭を顧りみないあなたに文句も言わず自由にさせて来たのは、あなたの立場を守るためではなかったんです。私自身のエゴや見栄を通すためでしかなかった。それには、あなたに仕事で頑張ってもらうしかなかったんです。そう、逆にあなたが私をここまで守ってきてくれたんですよね。それなのに、気の赴くまま、愛のない衝動的な恋に時間を費やしてしまった。そんな自分勝手な考えの女である自分に私は呆れました。すぐ人をうらやむことも、あなただってドイツ語を習得するには大変な努力をされたんでしょうに、ドイツ語が出来るという上辺だけみて、妙な対抗心を持ってしまったことが、恥ずかしいやら情けないやら……。あなたに対する他人行儀な言葉使いも、最初はかなり無理して使っていました。私は秘書課にいたからそういうのは慣れていましたし、独身時代にかなり遊んでいた自分を隠し通す意味もあったんです。結局、私が守って来たのは自分の体裁でしかなかった……。こんな私なんか消えてしまいたい……あなたの前から永遠に消えなければ犯した罪は赦されない。十字架の前に立ったら、そんな思いが込み上げ、涙が止まらなくなってしまって」

「そうだったのか……」

小さくつぶやき、直樹は視線を下に落とした。深くため息をついたようにも見えた。これで夫に対して隠し事はないが……もしかしたら、違う形でその心にとどめのナイフを突き刺したのかもしれない。言いようのない後ろめたさを有希恵は感じた。

## *N*

有希恵の告白は衝撃的だった。いくら自由奔放な性格とはいえ、まさかここまでとは思ってもみなかった。ただ本人から、ゴルフスクールのコーチとの不倫関係を告白されても、不思議に怒りは込み上げてこなかった。有希恵に対して冷めているわけでも、愛がないからでもない。過去の恋に固執《こしつ》しすぎた自分の負い目が、妻を追いつめたような気がしたからだった。

不倫は許されることではないが、今夜自分にだけ、打ち明けてくれたことは良かったと思っている。一恵にそのことを隠し通したのも納得出来た。

何でもかんでも正直に話すことが愛とは自分も思わない。隠し通すことも一つの愛の形である。娘の心を守るために、有希恵は必要な嘘をついたのだ。全部話してしまえば当人は楽になるだろうが、逆に相手の心にその重さを背負わせることになる。有希恵は大事な娘にだけはその重さを背負わせることを避けたのだ。母親としての本能なのかもしれない。そこの部分だけは正しいと思う。

それに引き替え、今の自分は大海原に放り出され、荒波に揉まれている小舟のような心境だ。有希恵の投げかけた『離婚』という問題に対して、どう向き合えばいいのか？

不倫が罪であるのは、あくまで一般論としての話だ。自分にとってはどうなのか？　今にも沈みそうな小舟のような心を押しとどめ、直樹は自分へ語りかけるように、静かに話し出した。

「実は俺もシュタルンベルク湖のレストランで、有希恵に話そうと思っていたことがある」

「……」

「お前のことだから、気づいていたと思うが、俺がミュンヘンに語学留学をしていた頃、つきあっていた恋人がいたんだ」

「何となく、ここに来てからのあなたの行動や言葉で薄々は気づいていましたけど、その方とはどうなったんですか？」

直樹は、ミュンヘンの街でのアンナとの恋の顚末を出来る限り細かく有希恵に話して聞かせた。そしてその悲劇的な終焉《しゅうえん》も……。

「偶然出会い、突然別れてしまった……永遠にね」

すべて話し終えて、二人の間に沈殿していた重い空気が、少し軽くなったような気がした。有希恵も心なしか涙目になっている。

「自分では完全に封印したはずの恋だったんだが、こっちに来てから通りを歩く度、街の風景に触れる度、不思議なんだが、彼女との思い出が繰り返し繰り返しよみがえってくるんだ。振り払っても振り払っても、当時の記憶が心に覆い被さって身動き出来なくなってしまう」

大きく息を吸ってから、有希恵は深いため息をつきながら、

「それって、あなたの中でその恋がまだ続いているってことじゃないですか？　アンナさんでしたっけ？　未だにそれは終わっていない……過ぎ去った恋ではなく、現在もあなたの心の中で生き続けてる恋だと思いますけど」

有希恵に言われ直樹はハッとした。未だに終わっていない？　アンナとの恋が自分の中で続いている？　そんな馬鹿な……。家庭を顧りみずに仕事に没頭したのも、過去を忘れるためなのか？　今の今までずっとアンナと繋がっていたということか？　そうであるならば、有希恵が犯した肉体を伴う束《つか》の間《ま》の不倫より、ずっと重い罪なのではないだろうか。

ここ数日間を振り返ってみても、ミュンヘンに向かう機上から封印したはずのアンナとの恋の記憶が徐々に甦り、着いてから直樹はそれに囚われ始めた。遠く過ぎ去った思い出だからこそ鮮明によみがえるというが、有希恵が言うようにそれは終わっていない恋だったからなのだ。若すぎた恋、未成熟で終わった恋は忘れ切れない思い出として、今の今まで心の奥に深く根を下ろしていたことになる。

長い沈黙の中で、ゆっくり直樹は思いの丈を反芻した。自分が今早急にやらなくては

いけないことは、有希恵との離婚問題の前に、先ずアンナとの恋を終わらせることではないだろうか……。でも、どうやって終わらせればいいのか……考えれば考えるほど、過去と現在が入り乱れ、心の動揺に感情の収拾がつかなくなった。

「あなた、大丈夫ですか？」

有希恵に声をかけられ、直樹は我に返った。

「大分お疲れでしょうから、もう部屋に戻って休みましょう」

「ああ、分かった」

「さっき私が言ったことは、真剣に考えた末のことですから、よく考えてくださいね。私はあなたには相応《ふさわ》しくない女です」

今さらそんな風に言うなと思ったが……かろうじてそれは心の内に引き止めた。

その晩、二人は久しぶりに抱き合った。若い日のようにとはいかないまでも、ときに熱く激しく、お互いを慈しみ合いながら、時間を忘れて求め合った。不思議なことにアンナの残像も夢も見ることはなかった。

# Day 6

*N*

この場所からドナウの流れを眺めていると、時が経つのを忘れるくらい、ずっと見ていられるから不思議だ。そういえば、アンナに〝ドナウ川って何処の海に流れ着くか知ってる?〟と聞かれたことがあった。当然、地理に疎い直樹は答えられなかったが、正解は黒海だという。黒い森《シュヴァルツヴァルト》の源泉から生まれた川が黒い海に辿り着くという、黒から黒への色の偶然。〝これって一種のアートよね〟笑いながら話すアンナの記憶。

過ぎ去った思い出を懐かしんでいると、ふと『方丈記』の『行く川の流れは絶えずして、しかももとの水にあらず』の一節を思い出した。人の世の『無常』や『転変』……これこそが人生という川なのだろう。
しかし、ドナウ川の前で日本の古典を思い出すなんて、どういう風の吹き回しなんだと思ったとき、ハッと直樹は気がついた。

あの日、ウニヴェルズィテート（大学）駅のホームで、地下鉄のドアが閉まる瞬間にアンナが言った言葉は日本語だったのではないだろうか？　長らくドイツ語だと思い込み、意味が判らなかったが、日本語だと思った途端口の動きが『また明日』を示したとわかり合点がいった。三十数年前のことだが、その別れ際の光景はハッキリ覚えている。アンナとの明日は来なかったが、自分は今日ここにいる。

旅の最終日、直樹は再びドイツ最古の石橋といわれるシュタイナーネ・ブリュッケの上にいた。一昨日は一恵と二人だったが、今日は一人だ。

ホテルで昼近くに目覚めた時、有希恵はすでに身支度を調えて、慌ただしく出かける準備をしていた。午後から一恵と、近所へのお土産などを買い物に行く予定らしいが、待ち合わせの前に一人でマリエン広場にまで出て、ウインドウショッピングをするという。有希恵は人より順応性が高いのか、もうミュンヘンにも慣れたようだった。昨夜の告白で心が軽くなったのだろうか、ベッドから見る有希恵の顔は心なしかスッキリして見える。化粧ということを差し引いても、贔屓目《ひいきめ》かもしれないが……有希恵は年齢よりは大分若い。そして綺麗だ……。

あなたはどうしますか？と聞かれたが、昨日の酒がまだ残っているからと、再びベッドにもぐり込んだ。

出かけるとき、有希恵は珍しくそばまで来て、じゃあ行ってきますねとキスをしてから部屋を出ていった。吹っ切ると女性は切り換えが早いというが有希恵はその典型ではないかと思う。もし、彼女が語学が堪能なら世界中を飛び回っていたに違いない。

それにしてもだ、昨日の長時間運転の疲れもあるとは思うが、たった三杯のウイスキー・ロックで二日酔いとは我ながら情けない。しばらくウトウトしていると、いきなり部屋の電話がけたたましく鳴った。備え付けの電話が鳴ることなどは滅多にないので、慌てて飛び起き出てみると、コンシェルジュからレンタカーの返却の件だった。予定では今日の昼までにリターンするはずだったが、とっさに直樹は今日いっぱい延長するようリクエストした。何処にも行く予定などなかったのだが……ふと、もう一度、あの場所に行ってみようと思い立ったのだ。

アンナとの旅行で初めて訪れた街、レーゲンスブルク。あの頃とまったく変わらない旧市街のたたずまい、石畳、大聖堂。何もかもが直樹にとっては懐かしい記憶という名のポストカードのようだ。一人で歩く淋しさは、如何《いかん》ともし難いが、昨夜、突然有希恵に突きつけられた『離婚』という問題を一人で考えるにはいい時間だろう。

有希恵の気持ちを尊重するなら、彼女の要望を呑むのが一番だろう。ただ、昨夜ラウンジで忌憚《きたん》なく話し合ったせいか、お互いの間に長年あった壁が取り払われたようにも感じる。すぐにやり直せるとは思わないが、安易な結論は控えた方がいいだろう。有希恵は自分の非を認め、後は自分次第、自分任せということになるのだが……こういう決断が一番難しい。つまり苦手なのだ。

会社などのトラブルは、今までも積極的に指示を出し、率先して解決してその責任を果たしてきたが、ことプライベートのことになると真逆の自分になる。

今回の件に関しても、有希恵だけを責めるつもりはない。不倫を肯定しているわけではないが、家庭を顧りみずにいた自分にも責任の一端はあると思っている。しかも、有希恵から、未だアンナとの恋が終わっていないと指摘された以上、次のステップに進むためにも、それを自らの手で終わらせなければいけない。終わった恋を終わらせるということは……過去の自分にけじめをつけることにもなる。

午後の陽射しに包まれ、ジッとドナウの流れを見つめていると、さまざまな思い出が千々に、この胸めがけて押し寄せて来た。地下鉄に急いで乗ってアンナにぶつかったこと、偶然街のドネルケバブ店で再会したこと……数えきれないほどの会話の記憶……『ナオキは弱虫だから』『政治のことは議論にならないわ』『ナオキはここで何をしたいの』『ナオキこの曲知ってる？』『あれが有名なシュタイナーネ・ブリュッケよ』……最後にあの日病院で『早く行って』と目で合図したアンナ……そして……『また明日』と言ったまま永遠に消え去ったアンナ……。

二度とその声にも、瞳にも、唇にも会うことは出来ない。いきなり涙が堰を切って溢れ出す。もう何処にもいないんだ、もう二度と会えないんだと思うそれだけで、どうにもならない行き場を失った悲しみが直樹を包み込んでゆく。ひとつひとつの場面がフラッシュバックのように襲いかかる。

そのとき、川の流れの音が一瞬消えた。

風に乗って〝ナオキ〟と呼ぶ声が聞こえた気がした……。

えっ。振り向くと誰もいない。再びドナウの流れが……直樹を現実に引き戻す。

ゆっくりと胸のポケットから、一枚の写真を取り出した。三十数年前にここで撮影した唯一のアンナとのツーショット写真だ。もう二度とそこへは戻れない。ここにアンナはいない……でも自分はここにいる。

直樹は写真を両手で持ちジッと見つめる。しばらくして、あの頃の思い出すべてを断ち切るかのように、フワッと自然にその手を離した。一陣の風がそれをバイエルンの空高く舞い上がらせてゆく。風に煽られた一枚の古い写真は、やがてヒラヒラと川面に舞い落ちて行った。

### *y*

## Day 7

昨日、一恵と最後のショッピングをした有希恵……。家族とは、一番身近な存在であるはずなのに、今までずっと遠くに感じていたのは自分のせいだとつくづく思った。おそらく母親から距離をおくために、語学留学の道を選択した一恵にとっても、自分はすべてにおいて異質な存在だったのだ。もちろんその真意はわからないが、娘が望むような母親ではなかったことは間違いない。

それまでの一恵は、会話をしていてもどこか他人行儀であり、時折見せる懐疑的な視線が、秘める自分の心を見透かされそうで、ヒヤッとすることも多々あったが、昨日の一恵は、娘として母親に寄り添う素振りが自然に見えた。どんなに離れようとも、家族という絆が切れることはない。有希恵は身にしみて思った。それだけでも、ドイツにまで来たかいはあったのだろう。

それは夫婦に置き換えても同じだ……。ただし、有希恵の告白に対して、直樹が自分を一方的に責める態度を取らなかったことは、ホッとしたと同時に苦痛でもある。断罪されるべきは自分。相手の赦しで昇華されるような罪ではない。直樹から去ることだけで、罪を贖《あがな》えるとは思えないが……今の自分にはそれしか方法が見つからない。

ただ、その決断をしてから、有希恵の中にある変化が起きた。いざ別れるとなると、直樹の存在が無性に愛しく思えるのだ。出逢った頃のようとはいかないまでも、長年連れ添ったからこそ感じるパートナーとして育んだ愛や、共有した時間への慈しみ。もちろん今さら、何を言っても遅いのだが……。

関係が変化すると、街の雰囲気も変わって見える。異国の街は、あらためて自分を見つめ直すきっかけになるかもしれない……。

思い立ったら即行動する性格だ。もう少しここにいたいと、一恵に話すと彼女も行動が早い。そこは自分に似たのだろうか、直樹に直ぐ連絡を取り、了承のもとに、新しい滞在用のホテルの手配から、エアのチケットなどすべて請け負ってくれたのだ。生まれて初めて娘を頼もしく思えた時……有希恵は自分の手から一恵が巣立ったことをようやく実感した。

「お父さん何だって?」

「お母さんがそうしたいならいいよって。お父さんってあんなに物分かりが良かったたっけ？　二人だけのドライブ効果かもね」

「……」

離れて互いの存在を見つめ直す……直樹も、その方がいいと思ったのだろう。自分の出した結論に一点の曇りも後悔もないが……やはり、夫婦としての情愛がなくなったわけではないから、あっさり滞在を許可されると、心なしか淋しい気持ちにもなる。なんて自分は勝手なんだと、呆れながらも明日からの滞在に思いを馳せると、初秋の風は冬支度の前触れのように、さらに冷たく有希恵の頬を撫でていった。

旅の最後の締め括《くく》りに、ターミナル1と2をつなぐ広場にあるビアガーデン「エアブロイ」で乾杯しようと提案したのは一恵だった。

到着した日もこの前を通ったが、空港でビールを醸造しているというのは世界でもミュンヘンだけで、しかもビールはすべて無濾過で酵母がそのまま入っているという本格派だ。

羽田への便は午後なので、早めに空港に来て、三人でここでランチを取ることにしたのだ。

「どう？　お父さん、ここのビール美味しいよね？」

「そうだな、ミュンヘンの六大醸造所《ブリュワリー》のビールとは一味違う感じがする」

「なんか、地ビールって感じで私は好きだな。お母さんは？」

「私はどこで飲んでも美味しく感じるわ、最初にお父さんと飲んだ、ヴァイスビールが印象的だったけど」

「あっ、ならここのも試してみればよかったね。そうだ、ここのビール、ジェシカにも教えてあげよう」

セクシャルマイノリティであることを告白し、壁がなくなったのか、嬉々として話す一恵を見ていると、有希恵は久々に家族であるという幸福を感じた。

「三人で東京以外で、二回も食事なんて、私が小学生の頃かな？　夏休みに家族旅行した以来かもね」

「あら、そうかしら」

「そうよ、中学、高校の頃はお父さん忙しくて、家族旅行どこじゃなかったし。ねぇ、こうやってまた三人で会おうよ」

はしゃぐように話す一恵に直樹が、

「なら、お前が日本に帰ってくればいいじゃないか」

「あっ、それはまた近い将来ってことで」

たわいもない会話が家族の心を和らげ、より近づけていくようだ。

食事も一段落すると一恵が、

「なんだかあっというまだったけど……別れるとなると淋しいな。そうそう昨日はお父さん何処に行ってたの？」

「レンタカーを返す前に、ちょっとアウトバーンを走っただけさ」

穏やかなその表情から、直樹は嘘をついていると有希恵は感じた。でもそれは、自分が一恵に島村のことを隠し通したような必要な嘘でもある。直樹も秘めた恋の完結を自分なりに収めたのだろう。この旅で一番いい顔をしているのが印象的だ。

「一恵は最愛の人と一緒なんだから淋しくないだろ？」

「でも、やっぱり、お父さんと別れるのはつらいよ。お母さんはまだこっちにいるからいいけど、でもこっちにいる方が心配かな。あんまり単独で動き回らないでよ」

「大丈夫よ。もう無茶はしません。それより、あなたひとりで家に帰って大丈夫ですか？　家のことわかります？」

「う〜ん、何とかなるだろう。わからなかったら、携帯にでも連絡するよ」

「すみません、わがままいって」

「いつものことだろう？」

「あらっ、すみませんね。いつもわがままで」

「へぇ〜仲いいんだ。来た時より愛が深まった感じ？」

「親をからかうなって」

「でも、二人の雰囲気が一週間前とは違う」

「そうか？」

「ミュンヘンに来たときのままだったら、確実に私は離婚を勧めていたわ」

思わず顔を見合わせる直樹と有希恵。あのことはまだ一恵には伏せているのだ。

「あっ、そろそろお父さん、搭乗手続きした方がいいみたいよ」

「おっと、そうだな、じゃあここで別れよう。一恵、お母さんをよろしく頼んだぞ」

「はい！」

「じゃあな！」

直樹が急いで出ようとしたとき、

「あっ、お父さん！　待って、お金、ここの代金」

「お前ってヤツはちゃっかりしすぎだ。ほら、これで足りるだろ？」

「ありがとう！　ではお父さん良い旅を」

来たときは二人だったのに、一人で帰すのは忍びないが……これはこれでいいのだと、有希恵は心の中で反芻した。直樹が搭乗手続きのためターミナル2を目指して歩きだし、その背中が少し小さくなると、たまらなくなって席を立ち、息を切らせて直樹を追いかけた。

「あなた」

振り返る直樹。

「すみません、一人で帰してしまって」

「大丈夫だ。それより、ここは海外なんだからくれぐれも気をつけるんだぞ」

「ええ。昨夜も言いましたが、一緒に帰るのが嫌なわけではないんですよ」

「それはわかってる」

「あのこと、ちゃんと考えて下さいね。私の気持ちは変わりませんから……」

「OK、それもわかってる。でもこうやって、少し離れて頭を冷やすのもいいんじゃないか？　あらためてお前が帰国したら話をしよう」

「わかりました。ほんとに色々ごめんなさい」

「もういいって。過ぎたことは過ぎたこと。お互いもう若くはないんだし、残された時間だって限られている。それを二人でどうやったら有効に使えるか、ゆっくり考えていこう。なっ？」

思わず涙ぐむ有希恵に、

「ほら、涙よりもここは笑顔で送ってくれよ。東京で待ってるからな」

「はい」

「じゃあ、ミュンヘンを楽しんでな」

有希恵はその場で直樹と別れた。でも、人生って不思議だ。一週間前にここへ来た時は、お互い別々の方向を見ていたはずなのに、自分が離婚を口にしてから、少しずつお互いを見るようになっている。

家族とはそれぞれの立場で見る方向も、見える風景も違うようだ。母親として、妻として、父親として、夫として、そして娘として、今まで視点はまったく異なっていた。

これからのことは、ゆっくり考えることにしよう……。初めての街ミュンヘンではあるが、今となっては、生涯忘れることの出来ない街になりそうな予感がする。

しかし……自分の愚かさに気がついたこの街で、自分は生まれ変われるのだろうか？一人で今後、生きることが出来るのだろうか？　問題は山積みだが、何らかの答えはきっとあると思う。

もちろん、今までも正直に生きてきたつもりだったが、それは自分に正直なだけの都合のいい生き方だった。

その点は考え直さないといけないだろう。新たな扉はどのような未来に繋がるのか、予想はまったく出来ない。ただそれによって、不自由な自分になることはない。

いつだって自分は自由な風に吹かれ、未来にはばたくことが出来るよう、前向きにこの先を考えて行くしかないのだから……。

そう思えば思うほど、未来は決して暗いものにはならないだろう。愛することに絶望しない限り、人は明日を取り戻せるのだ。さまざまな人生が交差する国際空港で、お互いの過去という荷物は来たときより少ない分、心は大分軽くなった。

直樹の背中をジッと見送る有希恵。それぞれの新たな気持ちを象徴するかのように、突然どこかのショップから、ザ・ローリング・ストーンズの「スタート・ミー・アップ」が勢いよく流れてきた。

# 出会い

髙見澤俊彦

小五の弟からすれば兄の部屋は別世界そのもの。当然無断で入ることは禁じられていた。とはいえ、そこは八つ下の弟特権を行使して、兄の不在を見計らってこっそり侵入。目的は兄の本棚。驚いたのは自分と違い漫画が全然ないことだ。当時の兄は既に大学生で、漫画を本棚に保管する習慣はとっくに卒業していたのだろう。

そこでスタインベックを知り、ヘミングウェイ、ヘッセなど、沢山の外国文学に出会う。兄と同じ視点に立ちたいという不遜な思いから何とかページを開くが、小学生の分際では邦訳の比喩表現や内容が理解しづらく、何度も断念したものだった。

兄の部屋では様々な刺激という出会いがあった。中でも一番は部屋の隅に無造作に立てかけてあったギターだろう。絶対に触るなと釘を刺されていたが、これも八つ下の弟には効果はない。ただ、小学生の自分がいざ弾こうとすると抱えて弾くには大きすぎ、最初はボディーを寝かして琴のように弾いていたのを覚えている。そんな兄のギターはアコースティックだ。残念ながらその頃、自分にとってギターとはエレキギターを指していた。何故エレキだったのか？

当時、ザ・ベンチャーズのエレキサウンドが日本の音楽界を席巻していたというのもあるが、同じ時期に東宝の特撮映画「怪獣大戦争」と併映された加山雄三さん主演「エレキの若大将」を観たことが大きい。ゴジラ目当てで、友人と観に行ったのだが、小学生ながら加山さんがエレキギターを弾く姿にやられてしまい、エレキの虜になった。その瞬間から自分の中でゴジラと加山さんとエレキは、同列のヒーローになったのだ。

その後、グループサウンズブーム（日本初のバンドブーム）が巻き起こると、今度は兄のギターで、ＧＳの曲をコピーし始めた。幼稚園の頃、ピアノを習っていたせいか、音がある程度分かり、意外にすんなりコピー出来た。そうなると、やはりどうしてもエレキギターが欲しくなる。やっとの思いで手に入れたのが中学二年の冬。ヤマハの二万五千円のエレキを池袋の西武百貨店で貯金をはたいて購入。それがエレキギターとの最初の出会いになる。エレキを持つだけで、ＧＳのバンド気分を味わえた気がして誇らしかった。兄の部屋は、子供が大人の世界を知る上で格好の場だったのだ。

一九七〇年、高校に進学すると時代の音楽はロックへ移行、自分はよりハードな音楽を求めるようになっていく。ちょうどその頃から外国のアーチストによる初来日ラッシュがあり、中でも高二の時、日本武道館で観たレッド・ツェッペリン初来日公演の衝撃は、未だに極上の記憶として脳裏に焼きついている。アルバム発売前に聴いた「天国への階段」は、一生忘れられない曲になった。それからも兄の部屋で、兄の所有する洋楽ロックのレコードを聴きまくり、そこで出会った様々なアーチストのレコードが、自分の音楽の原点になったと思う。

そんな兄が一九八三年、当時まだベルリンの壁が存在していた西ドイツへ海外赴任することになった。ドイツ？ ゲーテやヘッセの国だということは知ってはいたが、それ以上のことは知らない。色々な意味で影響を受けてきた兄が日本を離れるという。しかも赴任先は北部の都市ハンブルク。いずれにしてもドイツはあまりにも遠い。

その時、一抹の淋しさを覚えたのは、子供の頃から兄の傘の下で守られていた自分ではなくなる不安を感じたからかもしれない。

ハンブルクと言えば、ブレイク前のビートルズがクラブで腕を磨いた街だ。若き日のビートルズは、ハンブルクの歓楽街レーパーバーンにある「スタークラブ」や「トップテン・クラブ」などの店で連日連夜、長時間演奏していたという。当時のメンバーの写真を見ると、「抱きしめたい」でブレイクした頃のイメージとは大分違う。リーゼントに革ジャンというまるでテディボーイそのものだ。労働者階級出身のビートルズとしては、こちらの方が自然だったのかもしれない。その後マネージャーになったブライアン・エプスタインの戦略によって、誰もが知ってる襟なしスーツ姿の可愛いビートルズに変貌する。

兄の海外赴任をきっかけに、ドイツが見知らぬ遠い場所から、兄がいる身近な国に変わっていった。暫くして、ドイツ経由でヨーロッパを中心にあらゆる国を巡るようになったのだが、もちろんハンブルクのレーパーバーンも訪れ、無名時代のビートルズの足跡を辿ったりしたものだ。その足でイギリスに渡り、ビートルズの故郷であるリバプールに行ったこともあった。兄の影響で海外、特にヨーロッパが近くなったのは間違いない。

長い休みがあると、ドイツを起点にレンタカーで五カ国余りを急ぎ足で回ったこともあったが、一番印象深いのは、ベルリンの壁があった頃に一日ビザを取得し東ベルリンへ足を延ばしたこと。地下鉄二号線、東ベルリンのアレクサンダー・プラッツ駅で降りた時、雨が降っていて、心なしか西ベルリンの雨より冷たい気がした。空気感も違う。閉まっている店も多い。街行く人の瞳も虚ろに見える。主義の違いで西と東ではこんなにも街の雰囲気が異なるのかと驚いたものだ。

西ベルリンに戻りその足で、再びベルリンの壁に行ってみた。壁の向こう側に聳え立つブランデンブルク門をボンヤリ眺めながら……思わずこの壁、邪魔だなと呟いたりした。

しかし、ベルリンの壁が崩壊した十年後の一九九九年、「ドイツにおける日本年」というイベントで、まさかブランデンブルク門の前で自分が演奏するとは夢にも思わなかった。あの日邪魔だと呟いた壁は取り払われ、東西ドイツは一つになった。兄の海外赴任をきっかけに出会ったベルリンは色んな意味で忘れられない街になったのだ。

そういった経緯を踏まえ『音叉』の次の小説は劇的に変化したベルリンを舞台にと漠然と思っていた。だが、『音叉』の執筆が終わる頃だったろうか、フランクフルト空港のホテルに一泊、朝方に車を借りてアウトバーンを飛ばし南ドイツへ向かったことがあった。その時、車から見えたバイエルンの景観の美しさにあらためて心を奪われた。澄んだ青空に溶け込むように動くダイナミックな雲。看板のない美しい田園風景。こういう情景を織り交ぜた物語を書いてみたいと直感的に思ってしまった。北ドイツとは違う風景との出会いが創作意欲をかき立てたのだ。

小説にも登場する、ミュンヘン郊外のシュタルンベルク湖、レーゲンスブルクやニュルンベルクなどの中世の面影が残る旧市街。そして、狂王ルートヴィッヒ二世によって建造され、今やバイエルンの象徴と呼ぶべきノイシュヴァンシュタイン城。それらを目の前にしているだけで、イメージが膨らんでくる。その時、フワッと浮かんだプロットを帰国便の機中で書き留めたのがこの小説の原形でもある。それにミュンヘンを含む南ドイツは、どの街で飲んでもビールが最高に美味い！　そこも、ここを舞台にしたくなった理由の一つになる。

兄の部屋から始まった出会いの物語は『秘める恋、守る愛』を上梓したことによって完結した。兄がドイツに赴任しなければ、頻繁にヨーロッパに足を運ぶこともなかったと思うし、ドイツを舞台に小説を書こうとは思わなかっただろう。出来るなら小説の完成を祝い、ミュンヘンのビアホール辺りで兄と杯を交わしたかったが……その兄はもういない。この小説の感想を聞けずじまいだったことが悔やまれてならない。

今回文庫化により、あらためて本作を読み返したとき、小説の中にほんの少しだけ兄の面影を感じ取ることが出来た。それだけでも、この小説を書いて良かったと思う。

文春文庫

秘《ひ》める恋《こい》、守《まも》る愛《あい》

定価はカバーに表示してあります

2023年4月10日　第1刷

著　者　髙《たか》見《み》澤《ざわ》俊《とし》彦《ひこ》
発行者　大沼貴之
発行所　株式会社 文藝春秋

東京都千代田区紀尾井町 3-23　〒102-8008
TEL 03・3265・1211㈹
文藝春秋ホームページ　http://www.bunshun.co.jp

落丁、乱丁本は、お手数ですが小社製作部宛お送り下さい。送料小社負担でお取替致します。

印刷製本・凸版印刷

Printed in Japan
ISBN978-4-16-792027-2